트윈찬트먼트 이야기:

타밀나두에서 떠나는 30가지 신비로운 모험

Translated to Korean from the English version of
TWINCHANTMENT TALES: 30 MYSTICAL ADVENTURES FROM TAMILNADU

Dr Sridevi K.J.Sharmirajan

Ukiyoto Publishing

모든 글로벌 퍼블리싱 권리는 다음 회사가 보유합니다.

우키요토 출판

2025년 발행

콘텐츠 저작권 © Dr Sridevi K. J. Sharmirajan

ISBN 9789367954515

판권 소유.

이 출판물의 어떤 부분도 발행인의 사전 허가 없이 전자적, 기계적, 복사, 녹음 또는 기타 어떠한 형태로든 검색 시스템에 복제, 전송 또는 저장할 수 없습니다.

저자의 저작인격권이 주장되었습니다.

이것은 픽션 작품입니다. 이름, 등장인물, 사업체, 장소, 사건, 지역, 사건 등은 저자의 상상의 산물이거나 허구의 방식으로 사용된 것이다. 실제 사람, 살아 있거나 죽은 사람, 또는 실제 사건과 닮은 점은 순전히 우연의 일치입니다.

이 책은 출판사의 사전 동의 없이 출판된 것 이외의 어떠한 형태의 제본이나 표지로도 거래 또는 기타 방법으로 대여, 재판매, 대여 또는 기타 방식으로 배포되지 않는다는 조건에 따라 판매됩니다.

www.ukiyoto.com

헌신

제 책을 부모님께 바치고 싶습니다.

K.J. 샤밀라(K.J. Sharmila)와 B. 사운디라라잔(B. Soundirarajan)은 제 삶의 모든 단계에서 저를 도와주고 안내해 주었습니다.

친구이자 멘토이자 항상 제 작품의 #1 독자가 되어주신 할머니 R. Kannammal에게 특별한 감사를 드립니다.

저의 아름다운 기억은 돌아가신 할아버지 T.P. 자야라즈(T.P. Jayaraj)에 대한 것인데, 그분은 어린 시절 시를 쓰고 잠자리에 들기 전에 이야기를 들려주셨습니다.

이 책을 INKSPIRE로 선정해 주신 글쓰기 커뮤니티인 The Momma Clan의 창립자인 Ms. Harshita Udani에게 진심으로 감사드립니다.

2.0 수상자이며, 생명을 불어넣어 준 TMC 퍼블리셔에게 따뜻한 감사를 드립니다.

저의 모든 스승님들, 저의 스승이신 사이바바, 베타티리 마하리쉬, 파라마한사 요가난다, 그리고 저에게 지식을 전수해 주신 살면서 만난 모든 분들께 깊은 감사를 드립니다.

책에 대하여

타밀 나두의 중심부에는 푸른 들판과 흔들리는 야자수 사이에 자리 잡은 고풍스러운 마을 Mithilapuram이 있습니다. 이곳에서는 시간이 느려지는 것 같고 자연이 풍요롭게 번성하여 삶의 단순한 기쁨을 위한 그림 같은 배경을 그립니다.

이 고요한 안식처에는 안나푸라니(Annapurani)와 부미나탄(Bhuminathan)의 사랑하는 조부모인 바이디야나탄(Vaidyanathan)과 미낙시(Meenakshi)가 살고 있으며, 이들은 끝없는 호기심과 젊음의 활기로 가득 찬 쌍둥이입니다. 매년 쌍둥이는 변화한 도시를 떠나 조부모님의 소박한 거처로 여행을 떠나 마을 생활의 매력에 푹 빠져보고 싶어합니다.

미틸라푸람(Mithilapuram)에 발을 내딛자마자 평온함이 그들을 감쌌고, 점잖은 조부모님의 따뜻한 포옹이 그들을 맞이합니다. 한 달간의 휴가 기간 동안 재스민 꽃의 향기와 지저귀는 새들의 노랫소리 속에서 안나푸라니와 부미나탄은 타밀나두의 풍부한 문화 유산에 대한 이야기로 즐거워합니다.

"이 이야기들은 우리의 유산입니다." 바이디야나단이 부드럽게 말했다. "그들은 우리를 과거와 연결하고 미래로 인도합니다. 그들을 통해 우리 국민과 우리 땅을 형성해 온 가치를 배우게 될 것입니다."

"그렇게 우리의 여정이 시작됩니다." 미낙시가 마법 같은 밤을 더 많이 보낼 것이라는 약속으로 눈을 반짝이며 덧붙였다. "타밀 나두의 마법 같은 유산을 한 번에 한 이야기씩 여행합시다."

매일 밤 별이 쏟아지는 캐노피 아래에서 Vaidyanathan과 Meenakshi는 시간을 초월한 매혹적인 이야기를 엮어내며 쌍둥이를 용맹, 지혜, 시대를 초월한 전통으로 가득 찬 과거로 데려갑니다. 이러한 이야기를 통해 그들은 그 나라의 역사와 관습뿐만 아니라 친절, 용기, 공감에 대한 귀중한 교훈을 전합니다.

안나푸라니(Annapurani)와 부미나단(Bhuminathan)과 함께 타밀 나두(Tamil Nadu)의 매혹적인 이야기를 따라가며 그들의 유산의 아름다움과 그 안에 담긴 심오한 지혜를 발견해보세요. 달이 하늘 높이 떠오를 때, Mithilapuram의 시대를 초월한 이야기에 이끌려 경이로움과 깨달음의 항해를 시작합시다.

목차

Erode's Turmeric의 마법	1
Tanjore의 춤추는 인형 이야기	6
세일럼의 마법 같은 망고 이야기	11
투티코린의 마법의 진주	16
쿰바코남의 마법에 걸린 사원 거울	22
무두말라이의 마법의 지혜로운 코끼리	28
우티의 마법에 걸린 숨겨진 계곡	33
마하발리푸람의 돌의 마법 같은 노래	39
아나말라이의 황금 호랑이	46
카냐쿠마리 일출의 마법	52
칸치푸람의 마법 같은 실크 사리의 전설	59
Rameswaram의 치유의 물	65
코다이카날의 쿠린지 꽃	70
코임바토르의 면화 베개	75
체티나드의 마법 마살라의 경이로움	80
티루치라팔리의 춤추는 공작새의 미스터리	86
Sathyamangalam의 백단향 모래시계	92
티루반나말라이의 영원한 불꽃의 전설	97
바이가이(Vaigai)의 마법에 걸린 강	102
마두라이의 재스민 꽃	107

시바카시 불꽃놀이 축제의 모험	112
Chidambaram의 Nataraja 동상의 미스터리	117
시바강가이(Sivagangai)의 풍요의 냄비 이야기	122
전설의 촐라 왕의 나가파티남의 검	127
발파라이의 티 에스테이트	132
첸나이 마리나 비치의 비밀	137
Pollachi의 달콤한 재거	142
예르카우드의 마법에 걸린 정원	147
다누시코디의 기적 이야기	152
Alanganallur의 마법 황소	157
후기	162
작성자 정보	164

Erode's Turmeric의 마법

태양이 지평선 아래로 가라앉아 마지막 황금빛 광선을 드리울 때, 안나푸라니와 부미나탄은 아늑한 담요 아래에 앉아 기대감을 반짝이며 말했다. 그들의 조부모인 바이디야나탄과 미낙시가 먼 땅에서 온 매혹적인 이야기로 그들을 즐겁게 해주던 소중한 시간이었다.

"할머니, 제발 이야기를 들려주세요." 안나푸라니의 목소리는 간절함이 담긴 교향곡처럼 애원했다.

"물론이지, 얘야." 바이디야나단이 말을 꺼냈고, 그의 목소리는 별들이 귀를 기울이도록 달래는 듯한 부드러운 멜로디였다. "오늘 밤, 우리는 경이로움이 가득하고 기적이 뿌리를 내리도록 속삭이는 에로드의 신비로운 들판으로 여행을 떠날 것입니다."

안나푸라니의 눈이 경이로움으로 휘둥그레졌고, 그녀의 상상력은 이미 금색과 초록색으로 물든 머나먼 땅으로 흘러가고 있었다. "정말인가요, 할아버지? 강황이 정말 마법을 엮을 수 있을까요?"

늘 실용주의자였던 부미나탄은 미심쩍은 듯 눈썹을 치켜올렸다. "마법이요? 할아버지, 농담하세요?"

바이디야나탄은 부드럽게 웃었고, 그의 눈에는 장난기가 춤을 추고 있었다. "아, 나의 친애하는 부미나탄이여, 때때로 가장 위대한 진실은 우리의 회의론의 손아귀 너머에 놓여 있습니다."

그래서 아이들은 간절한 마음으로 자리를 잡고 조부모가 아주 오래된 이야기를 들려주는 것을 들었습니다.

"에로드의 푸른 들판 한가운데에," 미낙시가 대지와 꿈의 향기를 실어 나르는 부드러운 산들바람 같은 목소리로 말했다, "아르빈드라는 겸손한 농부가 살고 있었다. 그는 재력은 소박한 사람이었지만 끝없는 하늘처럼 광대한 마음을 가진 사람이었다."

안나푸라니는 몸을 더 가까이 기울였고, 그녀의 눈은 천 개의 별빛으로 빛나고 있었다. "더 말씀해 주세요, 할머니. 아르빈드는 어땠어?"

바이디야나단은 따뜻한 미소를 지었고, 그의 시선은 그들의 아늑한 집 너머 훨씬 너머에 있는 곳으로 향했다. "아르빈드는 우아함에 감동받은 영혼이자, 사랑과 존경으로 농작물을 돌보는 땅의 청지기였다. 그는 매일 태양과 함께 떠올랐고, 그의 손은 노동의 고역으로 굳은살이 박혔지만, 그의 영혼은 새로운 날에 대한 약속으로 빛나곤 했다."

부미나단은 사려 깊게 고개를 끄덕였고, 조부모님의 뛰어난 이야기 솜씨 앞에서 그의 회의감은 잠시 잊혀졌다. "그리고 그랬다 아르빈드가 뭔가 특별한 것을 발견하게 되었나요, 할아버지?"

미낙시는 고개를 끄덕였고, 그녀의 눈은 우주의 비밀로 반짝였다. "정말 그랬어, 얘야. 운명적인 어느 날, 아르빈드는 자신이 사랑하는 강황 밭을 가꾸다가 그의 인생을 영원히 바꿔놓을 광경을 우연히 발견했습니다."

안나푸라니는 숨이 턱턱 막혔고, 그녀의 상상력은 가능성으로 불타올랐다. "뭘 찾았어요, 할머니? 뭐였더라?"

바이디야나단이 몸을 더 가까이 기울였고, 그의 목소리는 지나가는 산들바람의 날개를 타고 속삭였다. "아르빈드는 자신이 재배하는 강황에 측정할 수 없는 힘이 있다는 것을 발견했습니다. 그 뿌리는 생명의 리듬과 함께 고동쳤다. 그 나뭇잎은 천 개의 태양의 빛으로 반짝였다."

부미나단의 회의감은 흔들렸고, 그 자리에는 그의 영혼 깊은 곳에서 무언가가 꿈틀대는 경이로움이 뒤바뀌었다. "하지만 어떻게요, 할아버지? 강황은 어떻게 그런 마법을 가질 수 있지?"

Vaidyanathan의 눈은 경이로움으로 빛나며 "강황은 신체적 질병을 완화하고 마음에 평화를 가져다주는 능력으로 유명한 놀라운 치유 특성을 가지고 있습니다. 하지만 이 나무의 진정한 매력은 약효에만 국한되지 않습니다. 그것은 우리를 지구와 그리고 서로를 연결하는 통로 역할을 하며, 매일 우리를 둘러싸고 있는 심오한 아름다움과 경외심을 부드럽게 상기시켜 줍니다."

미낙시도 고대의 지혜의 무게를 짊어진 눈빛으로 고요한 미소를 지으며 합류했다. "아, 이런, 마법의 진정한 본질은 강황 자체에만 있는 것이 아니라, 강황을 키우고 수확하는 의도 안에 있습니다. 아르빈드는 부드러움과 감사의 마음으로 자신의 밭에 접근했고, 그의 마음은 자연계의 경이로움에 맞춰져 있었다."

안나푸라니(Annapurani)와 부미나단(Bhuminathan)은

조부모가 경이로움과 지혜의 태피스트리를 짜는 것을 넋을 잃고 귀를 기울였습니다. 밤의 평화로운 포옹에 둘러싸인 그들은 새로운 삶의 교훈으로 가득 찬 놀라운 이야기로 첫날을 마무리하며 마음과 정신을 매료시켰습니다.

도덕:

　에로데의 강황의 마법은 진정한 경이로움은 자연의 특별한 특성뿐만 아니라 우리가 자연에 접근하는 의도와 경외심에 있다는 것을 가르쳐 줍니다. 보살핌, 감사, 열린 마음을 통해 우리는 우리 주변의 세상과 깊이 연결되어 가장 단순한 것에서 아름다움과 치유를 찾습니다. 아르빈드(Arvind)가 그의 강황 밭에서 심오한 마법을 발견한 것처럼, 우리도 자연과 서로와의 상호 작용에서 의도와 마음 챙김의 힘을 받아들임으로써 우주의 경이로움을 풀 수 있습니다.

Tanjore의 춤추는 인형 이야기

황금빛 태양이 미틸라푸람의 하루에 작별을 고할 때, 안나푸라니와 부미나탄은 조부모님의 매혹적인 밤 의식을 간절히 기다렸습니다

취침 시간 이야기. 방 안은 뚜렷한 기대감으로 가득 찼고, 창문을 통해 풍기는 재스민의 중독성 있는 향기가 뒤섞여 있었다. 침대에 포근히 몸을 감싼 쌍둥이의 눈은 흥분으로

빛났고, 사랑하는 바이디야나탄과 미낙시가 들려주는 이야기로 엮어낸 또 다른 매혹적인 여행을 떠날 준비를 마쳤습니다.

기름 램프의 은은한 불빛 속에서 바이디야나단의 목소리가 울려 퍼졌고, 모험과 경이로움의 저녁을 약속했다. "옛날 옛적, 탄조르의 번화한 거리에 아르주난이라는 이름의 장인이 살았습니다. 그의 작업실은 복잡한 조각품과 눈부신 보석으로 장식된 경이로움의 안식처였습니다. 하지만 그의 춤추는 인형 컬렉션은 그것을 보는 모든 사람의 마음을 진정으로 사로잡았습니다."

안나푸라니의 눈이 호기심으로 빛났다. "춤추는 인형이요? 무엇이 그들을 그렇게 특별하게 만드나요, 할아버지?"

바이디야나단의 미소에는 신비로움이 묻어났다. "아, 친애하는 안나푸라니여, 매력은 그들의 독특함에 있습니다. 아르주난의 인형은 다른 어떤 인형과도 달랐습니다 – 섬세한 세심과 세심한 배려로 제작되고 마법의 손길이 가미된 이 인형은 보는 모든 사람을 매료시키는 기이한 실물 같은 품질을 가지고 있었습니다."

미낙시의 눈은 흥분으로 반짝이며 덧붙였다, "하지만 아르주난의 작품을 진정으로 돋보이게 한 것은 달의 은빛 포옹 아래에서 생명을 불어넣는 능력이었습니다. 세상이 잠에 빠지고 별이 밤하늘을 물들일 때, 인형들은 안식에서 깨어났고, 그들의 움직임은 바람의 속삭임처럼 우아했다."

부미나단의 얼굴이 경이로움으로 환해졌다. "마법 같네요, 할머니! 나는 그들의 춤을 보고 싶다."

미낙시의 미소는 부드러우면서도 수수께끼 같았다. "아, 나의 친애하는 부미나단이여, 아마 언젠가는 당신의 소원이 이루어질 것입니다. 탄조르의 춤추는 인형의 신비로움을 진심으로 믿는 사람들은 그들의 매혹적인 공연을 엿볼 수 있는 축복을 받을 수 있다고 합니다."

쌍둥이는 기쁜 눈빛을 교환했고, 그들의 상상력은 이미 그들을 탄조르의 신비로운 세계로 데려갔다.

"아시다시피," Vaidyanathan이 말을 이었다, "Tanjore의 춤추는 인형을 진정으로 돋보이게 하는 것은 흠잡을 데 없는 장인 정신뿐만 아니라 기쁨과 축제의 본질을 구현하는 심오한 능력입니다. 그들이 춤을 출 때, 그들은 마치 타밀 나두 문화 유산의 생생한 태피스트리에 생명을 불어넣고 경이로움과 기쁨의 기운으로 공기를 가득 채우는 것 같습니다."

미낙시는 동의의 뜻으로 고개를 끄덕였고, 그녀의 눈은 자랑스러움으로 빛났다. "사실, 이 인형들은 단순한 무생물을 초월합니다. 그들은 전통의 수호자이자 우리 땅의 영혼의 수호자 역할을 합니다. 그들은 우리가 인생에서 걷는 길에 관계없이 우리의 유산을 보존하고 춤의 환희를 받아들이는 것의 중요성을 상기시켜줍니다."

쌍둥이는 조부모가 경이로움과 황홀한 이야기를 펼치는 동안 넋을 잃고 있었다. 그들은 아르주난의 작업실의 생생한 이미지에 감탄했는데, 선반에는 꼼꼼하게 제작된 조각상이 넘쳐났고 공기는 생생한 페인트와 유약의 향기로 가득 찼습니다. 그들은 종소리가 부드럽게 울리는 소리와 끌이 돌을 리드미컬하게 두드리는 소리를 마치 들을 수 있었고, 장인은 자신의 작품에 생명을 불어넣었습니다.

"하지만 그 마법 속에서도 얻을 수 있는 교훈이 있습니다." 바이디야나단이 말을 이었다. 인형이 침착하고 우아하게 춤을 추는 것처럼, 우리도 자신감과 위엄을 가지고 인생의 미로를 헤쳐 나가야 합니다. 우리가 내딛는 한 걸음 한 걸음은 마치 춤을 추는 것과 같으며, 우리 자신을 표현하고 우리 여정의 영광을 받아들일 수 있는 기회입니다."

미낙시는 긍정의 뜻으로 고개를 끄덕였고, 그녀의 눈빛에는 따뜻함과 지혜가 가득했다. "인형들이 지지와 지도를 받기 위해 서로에게 의지하는 것처럼, 우리도 다른 사람들과 맺는 유대감을 소중히 여겨야 합니다. 주변 사람들과의 관계를 통해 우리는 역경의 시기에 위안과 힘을 발견합니다."

이야기가 거의 끝나갈 무렵, 안나푸라니와 부미나단은 경이로움과 경외감이 그들을 감싸는 것을 느꼈다. 그들이 꿈의 세계로 표류하는 동안, 그들의 마음은 춤추는 인형의 환상과 조부모님의 말씀의 지혜로 장식되었습니다. 그들은 Tanjore의 마법을 가지고 있었습니다 – 우리 각자의 내면에 자리 잡고 발견되기를 기다리는 아름다움을 상기시켜줍니다. 그 고요한 순간, 밤의 부드러운 포옹에 안겨 그들은 귀중한 인생 교훈으로 가득 찬 또 다른 매혹적인 이야기로 둘째 날을 마무리했습니다.

도덕:

이 이야기의 교훈은 진정한 아름다움은 외모뿐만 아니라 전통, 기쁨, 그리고 우리가 다른 사람들과 공유하는 연결을 포용하는 능력에 있다는 것입니다. 탄조르의 춤추는 인형이 문화유산과 기념의 본질을 상징하는 것처럼, 우리는 전통을 보존하고 우리의 삶을 풍요롭게 하는 관계를 소중히 여기기 위해 노력해야 한다. 인생은 춤이며, 우아함, 존엄성, 동지애로 그것을 항해함으로써 우리는 우리 자신과 우리 주변 세계에서 마법을 발견하고 경이로움과 깨달음의 여정을 시작할 수 있습니다.

Dr Sridevi K. J. Sharmirajan

세일럼의 마법 같은 망고 이야기

석양의 황금빛 색조가 미틸라푸람 위의 하늘을 물들일 때, 안나푸라니와 부미나탄은 조부모님의 밤 의식을 손꼽아 기다렸습니다.

매혹적인 잠자리 이야기. 공기는 나뭇잎이 부드럽게 바스락거리는 소리와 멀리서 들려오는 귀뚜라미의 지저귐과 뒤섞여 뚜렷한 기대감으로 가득 찼다. 침대에 포근히 자리 잡은 쌍둥이의 눈은 자신들을 기다리고 있는 매혹적인 이야기를 기다리며 흥분으로 반짝였습니다.

기름 램프의 아늑한 불빛 속에서, 바이디야나단의 목소리가 방 안을 가득 채웠고, 모험과 경이로움에 대한 약속을 전했다. "옛날 옛적에 칸남말이라는 어린 소녀가 있었는데, 한 가게에서 마법에 걸린 망고를 팔게 되었는데, 망고는 한 사람의 운명을 결정하는 열쇠를 쥐고 있다고 합니다."

안나푸라니의 호기심이 발동했다. "마법에 걸린 망고? 무엇이 그들을 그렇게 특별하게 만드나요, 할아버지?"

바이디야나탄의 눈이 흥분으로 반짝이면서 대답했다, "아, 친애하는 안나푸라니, 이건 그냥 망고가 아니었어. 그들은 살렘 망고였는데, 그 신성한 달콤함과 그 과육에 깃든 마법 같은 특성으로 유명했습니다."

부미나탄의 관심이 솟구쳤다. "마법의 속성이요? 뭐라구요, 할아버지?"

미낙시도 온화한 미소를 지으며 동참했다. "세일럼 망고는 섭취하면 진정한 운명을 드러내는 힘이 있다고 합니다. 한 입 베어 물 때마다 미래에 대한 비전을 제시할 수 있는 잠재력이 담겨 있었고, 그 사람은 자신의 운명적인 길을 따라 나아갈 수 있었습니다."

쌍둥이는 눈을 동그랗게 뜨고 눈을 마주쳤고, 망고가 그런 신비한 힘을 가지고 있다는 생각에 매료되었다.

"당신도 알다시피," 바이디야나단이 말을 이었다, "살렘 망고는 그 맛있는 맛 때문만이 아니라, 그들의 마법을 감히 취하려는 사람들에게 심오한 계시를 줄 수 있었기 때문에 소중히 여겨졌다."

부미나단은 열심히 몸을 기울였고, 그의 관심은 더욱 뜨거워졌다. "어떻게 이걸 알게 된 거죠, 할아버지?"

미낙시가 온화한 미소를 지으며 끼어들었다. "아, 그건 마법의 일부야, 나의 친애하는 부미나탄. 마법에 걸린 망고의 기원은 수수께끼에 싸여 있지만, 그 망고가 그것을 섭취한 사람들에게 미친 영향은 부인할 수 없는 사실입니다."

쌍둥이는 흥분된 눈빛을 교환했고, 그들의 상상력은 이미 그들을 살렘의 번화한 거리로 이끌었다.

"보시다시피," Vaidyanathan이 말을 이었다, "마법에 걸린 망고를 맛보는 사람은 누구든지 그들의 운명에 대한 환영을 받게 될 것이라고 하던데, 그것은 그들을 기다리고 있는 길을 엿볼 수 있는 것이었다."

미낙시는 동의의 뜻으로 고개를 끄덕였고, 그녀의 눈은 지혜로 빛났다. "그러나 큰 힘에는 큰 책임이 따릅니다. 운명을 믿고 그들 앞에 펼쳐진 여정을 받아들여야 하기 때문이다."

밤이 깊어가면서, 쌍둥이는 할아버지와 할머니가 마법과

운명에 관한 이야기를 들려주는 것을 열심히 들었다. 그들은 살렘의 북적이는 시장에 대한 묘사에 감탄했는데, 그곳에서는 상인들이 만화경처럼 다양한 색채와 소리 속에서 물건을 팔고 있었다. 그들은 마법에 걸린 망고의 달콤함을 거의 맛볼 수 있었고, 칸남말이 그녀의 운명의 열쇠를 쥐고 있는 가게를 우연히 발견했을 때 공기를 가득 채운 기대감을 느낄 수 있었다.

"하지만 그 마법 속에서도 배워야 할 교훈이 있었어. Kannammal의 여정에 어려움이 없었던 것은 아닙니다. 그녀는 그 과정에서 의심과 장애물에 직면했지만 그 모든 것을 통해 운명의 힘에 대한 믿음을 굳건히 지켰습니다."

미낙시는 긍정의 뜻으로 고개를 끄덕였고, 그녀의 눈빛에는 따뜻함과 격려가 가득했다. "그리고 결국, 칸남말이 자신의 진정한 목적을 발견하고 자신의 운명을 완수할 수 있게 해준 것은 운명에 대한 신뢰였습니다."

이야기가 끝나갈 무렵, 안나푸라니와 부미나단은 경이로움과 경외감이 밀려오는 것을 느꼈다. 그들은 살렘의 활기찬 거리로 옮겨졌고, 그곳에서는 매혹적인 망고 향기가 공기 중에 남아 있었고, 운명의 힘이 감히 믿는 모든 사람들을 지배하고 있었다.

새로운 지혜와 영감으로 가득 찬 마음으로 쌍둥이는 잠이 들었고, 그들의 마음은 마법에 걸린 망고에 대한 환상과 운명을 신뢰하는 심오한 교훈으로 가득 찼습니다. 그날 밤의 평화로운 포옹 속에서, 그들은 또 다른 놀라운 이야기와 그 귀중한 인생 교훈을 가지고 머무른 지 3일째 되는 날을 마무리했다.

도덕:

이 이야기의 교훈은 운명이 신비한 방식으로 펼쳐지며, 때때로 우리의 진정한 길을 발견하는 열쇠는 예상치 못한 것을 받아들이고 앞으로의 여정에 대한 믿음을 갖는 데 있다는 것입니다. 칸남말이 살렘 망고의 마법 같은 성질을 믿고 자신의 운명을 밝혀 줄 것이라고 믿었던 것처럼, 우리도 우주의 인도를 신뢰하고 그 과정에서 나타나는 징후와 기회에 마음을 열어야 합니다. 인생은 놀라움으로 가득 차 있으며, 직관을 따르고 가능성의 마법을 믿음으로써 꿈의 문을 열고 진정한 목적을 성취할 수 있음을 상기시켜줍니다.

투티코린의 마법의 진주

미틸라푸람의 야자수 뒤로 해가 지고 마을이 황금빛으로 빛날 때, 안나푸라니와 부미나탄은 조부모님의 집을 손꼽아 기다렸다.

취침 시간 이야기. 재스민 꽃의 향기가 시원한 저녁 바람과 어우러지자 쌍둥이는 침대에 누웠다. 기름 램프의 은은한 빛은 방 안을 따뜻하고 편안한 빛으로 물들였고, 쌍둥이의 눈은 기대감으로 반짝였다.

바이디야나탄은 희망과 경이로움으로 가득 찬 목소리로 이야기를 시작했다. "옛날 옛적, 번화한 해안 도시 투티코린에는 진실을 밝혀줄 수 있는 마법의 진주에 대한 전설이 있었습니다. '순결의 진주'로 알려진 이 진주는 바다의 여신이 직접 축복한 것이라고 합니다."

안나푸라니의 눈이 호기심으로 휘둥그레졌다. "마법의 진주요, 할아버지? 그것이 어떻게 진실을 밝혀 주었는가?"

바이디야나탄은 눈을 반짝이며 미소를 지었다. "아, 친애하는 안나푸라니여, 이 진주는 평범한 보석이 아니었습니다. 그것은 마음이 순수한 사람이 안을 때 내면의 빛으로 빛나며, 숨겨진 진실을 드러내고 모든 거짓을 몰아내는 힘을 가지고 있었습니다."

부미나단은 호기심에 몸을 앞으로 숙였다. "이 진주는 어디서 온 거예요, 할아버지?"

조용히 듣고 있던 미낙시가 부드러운 목소리로 이야기를 이어갔다. "그 진주는 라주라는 겸손한 어부에 의해 발견되었는데, 그는 정직하고 친절한 사람으로 투티코린 전역에서 알려져 있었습니다. 어느 날, 그는 그물을 바다에 던지면서 이상한 무게를 느꼈습니다. 그가 그것을 끌어 올렸을 때, 그는 미묘한 빛으로 빛나는 조개를 발견했습니다."

쌍둥이는 흥분된 눈빛을 교환했고, 그들의 상상력은 이미 그들을 투티코린의 해안으로 이끌었다.

"보시다시피," 바이디야나단이 말을 이었다, "라주는 조개를 열어 그가 본 것 중 가장 아름다운 진주를 발견했다. 진주의 표면은 흠집이 없었고, 부드럽고 빛나는 빛으로 빛나고 있었다. 라주는 이것이 평범한 진주가 아니라는 것을 즉시 알아차렸습니다."

미낙시는 지혜로 빛나는 눈을 빛내며 고개를 끄덕였다. "라주는 진주를 신전으로 가져가 여신에게 바쳤다. 진주의 마법을 감지한 사제는 진주가 어떤 상황에서도 진실을 밝혀 줄 수 있다고 선언했습니다. 그것은 곧 '순결의 진주'로 알려지게 되었습니다."

안나푸라니의 얼굴이 경이로움으로 환해졌다. "라주는 진주로 뭘 했어, 할머니?"

바이디야나탄이 이야기를 이어갔다. "라주는 그 진주를 마을 사람들을 돕는 데 사용했어요. 다툼이나 미스터리가 있을 때마다 마을 사람들이 라주를 찾아왔고, 그는 진주를 사용하여 진실을 밝히곤 했습니다. 진주의 빛은 정직하고 마음이 순수한 사람이 진주를 들고 있을 때 가장 밝게 빛나며, 진주를 가진 사람의 참된 본성을 드러낼 것입니다."

부미나단의 얼굴은 흥분으로 달아올랐다. "대단하네요! 다들 진주의 힘을 믿었을까?"

미낙시는 부드럽게 미소를 지었다. "대부분은 그랬지만, 회의적인 사람들은 항상 있었다. 어느 날, 라가브라는 부유한 상인이 마을에 왔습니다. 그는 교활하고 속임수로 유명했으며, 진주가 사기라는 것을 증명하고 싶었습니다. 그는 진주의 빛은 단순한 속임수라고 주장하며 라주에게 도전했다."

바이디야나단의 목소리가 엄숙해졌다. "라주는 그 도전을 받아들였습니다. 마을 전체가 보는 앞에서 그는 진주를 라가브에게 건넸다. 그러나 상인이 진주를 만지자마자 진주의 빛이 어두워지면서 그의 간사한 본성이 드러났다. 마을 사람들은 숨을 헐떡였고, 라가브는 굴욕감을 느꼈다. 그는 마을을 떠났고, 다시는 돌아오지 않았다."

안나푸라니(Annapurani)와 부미나단(Bhuminathan)은 그들의 조부모가 경이로움과 지혜의 태피스트리를 짜는 것을 넋을 잃고 귀를 기울였다. 그들은 찬란한 진주를 거의 볼 수 있었고 그 진주가 투티코린 사람들에게 가져다 준 정의감을 느낄 수 있었습니다.

"하지만 이야기는 거기서 끝나지 않아요." 미낙시가 말을 이었다. "진주는 신전에 남아 있었고, 그 전설은 커져만 갔다. 사람들은 진리를 드러내는 그 힘을 찾아 사방에서 모여들었다. 그것은 순수함과 명확성의 상징이 되었고, 모든 사람에게 정직과 성실의 중요성을 상기시켜 주었습니다."

이야기가 거의 끝나갈 무렵, 바이디야나단이 부드럽게 말했다, "그래서 순수의 진주는 투티코린 사람들에게 진실과 명료함이 정의롭고 조화로운 사회의 주춧돌이라는 귀중한 교훈을 가르쳐 주었습니다. 그것은 그들에게 어떤 상황에서도 순수한 마음과 정직함이 항상 빛을 발한다는 것을 보여 주었습니다."

경이로움과 경외감에 휩싸인 쌍둥이는 마법의 진주와 그 진주가 휘두르는 정의에 대한 매혹적인 이야기에 푹 빠져들었습니다. 그들은 이야기에 짜여진 심오한 교훈에 감탄하지 않을 수 없었으며, 자신의 삶에서 순수함과 정직의 중요성을 인식했습니다.

그들의 마음은 순수의 진주에 대한 환상과 조부모님의 말씀에 담긴 시대를 초월한 지혜로 장식된 꿈의 세계로 떠내려가면서, 우리 각자의 내면에 내재된 아름다움을 부드럽게 상기시켜주는 투티코린 마법의 정수를 지니고 있었습니다. 그리하여 그들은 밤의 평온함 속에서, 또 다른 매혹적인 이야기와 그 안에 담긴 귀중한 인생 교훈을 가지고 머무른 지 4일째 되는 날을 마무리하였다.

도덕:

이 이야기의 교훈은 진실과 마음의 순결이 정의와 조화로 가는 길을 밝혀주는 귀중한 덕목이라는 것입니다.

순결의 진주가 감추인 진실을 드러내고 거짓을 몰아냈던 것처럼, 정직과 고결성은 우리를 공정하고 조화로운 사회로 인도합니다. 투티코린의 이 이야기는 어떤 상황에서도 진리의 빛은 항상 비칠 것이며, 우리 삶에서 정직과 성실의 중요성을 상기시켜 준다는 것을 가르쳐 줍니다.

쿰바코남의 마법에 걸린 사원 거울

석양의 황금빛 광선이 오렌지와 핑크빛으로 하늘을 미틸라푸람 마을 위로 물들일 때, 안나푸르니와 부미나탄은 그들의 밤을 손꼽아 기다렸다

조부모와 함께하는 스토리텔링 세션. 쟈스민의 향긋한 향기가 공기 중에 스며들었고, 열린 창문을 통해 불어오는 부드러운 저녁 바람을 타고 실려 갔다. 침대에 포근히 자리 잡은 쌍둥이의 눈은 기대감으로 반짝였고, 그들의

상상력은 이미 마법과 경이로움의 먼 영역으로 치솟고 있었다.

세월의 지혜와 수수께끼의 매력이 묻어나는 바이디야나단의 목소리가 방 안을 가득 채웠고, 그가 이야기를 시작하자 말이다. "오래 전, 고대 도시 쿰바코남에는 신비로운 분위기로 유명한 사원이 있었습니다. 그 성스러운 전당 안에는 다른 어떤 거울과도 다른 거울이 있었고, 마법에 젖어 있었고 시대의 지혜가 깃들어 있었습니다."

안나푸라니의 호기심은 마치 터지기를 간절히 바라는 샘물처럼 부글부글 끓어올랐다. "마법의 거울이에요, 할아버지? 무엇이 그토록 특별하게 만들었을까요?"

바이디야나단의 눈은 이야기를 풀어내려는 이야기꾼의 기쁨으로 반짝였다. "아, 나의 친애하는 안나푸라니여, 이 거울은 단순한 반사면이 아니었습니다. 그것은 겉모습뿐만 아니라 보는 사람의 내적 본질까지 드러낼 수 있는 비범한 능력을 가지고 있었다."

부미나단은 더 가까이 다가갔고, 그의 상상력은 이미 펼쳐지는 이야기에 사로잡혀 있었다. "그런 거울은 어떻게 기능했을까요, 할아버지?"

미낙시는 온화한 존재감으로 이야기에 목소리를 더했다. "전설에 따르면 감히 거울을 들여다보는 사람들은 자신의 육체적 형태뿐만 아니라 자신의 본질을 목격할 수 있다고 합니다. 그 안에는 각 영혼 안에 내재된 본질적인 아름다움을 드러낼 수 있는 힘이 담겨 있었습니다."

쌍둥이는 흥분된 눈빛을 교환했고, 그들의 어린 마음은 이미 쿰바코남의 신비로운 세계로 옮겨진 것 같았다.

"보시다시피," 바이디야나단이 수백 년 된 전설의 무게를 담은 목소리로 말을 이었다, "이 거울은 한때 외적인 아름다움으로 유명했지만 그녀의 진정한 본질을 감추는 불안과 허영심의 베일에 묶여 있던 두르가 데비 여왕의 관심을 끌었다."

안나푸라니의 눈은 공감으로 휘둥그레졌고, 그녀의 마음은 이미 여왕의 곤경에 공감하고 있었다. "여왕님께 무슨 일이 일어났습니까, 할머니?"

미낙시의 눈빛이 부드러워졌고, 그녀의 목소리에는 부드러운 공감의 리듬이 담겨 있었다. "만족할 줄 모르는 허영심에 사로잡힌 두르가 데비 여왕은 전설적인 거울에 비친 자신의 모습을 보고 싶어 했습니다. 하지만 그 깊은 곳을 들여다보면서, 그녀는 자신의 육체적 매력의 매혹적인 겉모습이 아니라 오만과 자기 중심에서 비롯된 자신의 내면의 추악함이 적나라하게 드러나는 것을 보게 되었다."

부미나단의 미간은 걱정으로 찌푸려졌고, 그의 어린

마음은 여왕이 처한 곤경의 심각성과 씨름하고 있었다. "두르가 데비 여왕이 자신의 운명을 바꿀 수 있을까요, 할아버지?"

바이디야나단은 진지하게 고개를 끄덕였고, 그의 목소리에는 도덕적 가르침의 무게가 가득했다. "그렇다, 나의 친애하는 부미나탄이여. 거울의 깊은 곳에 비친 꾸밈없는 진실에 직면한 두르가 데비 여왕은 깊은 깨달음을 경험했습니다. 그는 진정한 아름다움은 겉치레를 초월하여 친절, 동정심, 겸손이라는 비옥한 토양에 그 뿌리를 두고 있다는 것을 깨닫게 되었습니다."

쌍둥이는 넋을 잃고 귀를 기울였고, 그들의 마음과 정신은 조부모가 들려주는 매혹적인 이야기에 사로잡혔다. 그들은 마음의 눈으로 쿰바코남의 장엄한 신전, 지나간 시대의 이야기를 속삭이는 고대의 돌, 그리고 그 표면이 초자연적인 빛으로 빛나는 신비로운 거울을 상상할 수 있었습니다.

"하지만 무용담은 거기서 끝나지 않아요." 미낙시의 목소리에는 도덕적 교훈의 태피스트리를 엮어내는 이야기꾼의 부드러운 경쾌함이 담겨 있었다. "두르가 데비 (Durga Devi) 여왕의 변신은 다른 사람들이 자기 발견의 미로를 횡단할 수 있는 길을 밝혀주는 영감의 등대 역할을 했습니다. 거울은 내면의 회복력과 깨달음의 상징으로 진화하여 수많은 영혼이 자아실현을 향한 순례를 떠나도록 안내했습니다."

이야기의 결말이 가까워지자, 바이디야나단의 목소리는 시간을 초월한 지혜의 심오함과 공명하는 부드러운 음색을 띠었다. "그리하여 쿰바코남의 마법에 걸린 사원 거울은 세상에 성스러운 교훈을 남겼다—허영심과 자아의 족쇄에 얽매이지 않는 참된 아름다움은 거울의 시선에 비친 덧없는 겉모습이 아니라 내면에서 빛나는 영혼의 빛나는 미덕에서 가장 충만한 표현을 찾는다."

밤의 고요한 포옹 속에 안겨 있던 쌍둥이는 조부모의 이야기 속에 짜여진 오래된 지혜를 흡수하면서 깊은 경외감에 휩싸였습니다. 그 미묘한 순간, 그들은 잠의 부드러운 포옹에 굴복하면서 쿰바코남의 신비로운 아우라의 본질을 지니고 있었으며, 이는 진정한 아름다움의 추구가 영혼의 빛나는 핵심을 보살피는 것에서 시작된다는 것을 가슴 아프게 상기시켜 줍니다. 그리하여 밤의 평온함 속에서, 그들은 또 다른 매혹적인 이야기와 그 귀중한 인생 교훈을 가지고 머무른 지 5일째 되는 날을 마무리했다.

도덕:
이 이야기의 교훈은 진정한 아름다움은 단순한 외모를

초월하여 친절, 연민, 겸손의 미덕 안에 있다는 것입니다. 그것은 영혼 깊은 곳에 뿌리를 둔 내면의 아름다움은 성실함과 선함으로 양육될 때 가장 밝게 빛난다는 것을 가르쳐 줍니다. 두르가 데비(Durga Devi) 여왕의 변화와 마찬가지로, 이러한 미덕을 받아들이는 것이 깊은 깨달음과 깨달음으로 이어지고, 우리를 자아실현과 성취의 길로 안내한다는 것을 상기시켜줍니다.

무두말라이의 마법의 지혜로운 코끼리

땅거미가 하늘을 오렌지와 핑크로 물들일 때, 미틸라푸람 마을은 다가오는 밤의 품에 안겼다. 초라한 거처에서

이 고요한 마을의 중심부에 자리 잡은 안나푸라니와 부미나단은 간절한 마음으로 밤마다 들려주는 이야기를 기다렸습니다. 야생화의 향기가 공기 중에 퍼져나갔고, 그들은 상상력과 지혜의 세계로 이동할 준비를 하고 침대에 누워 황홀한 태피스트리를 엮었다.

이야기를 엮어나가기 시작한 바이디야나단의 목소리는 깊은 울림을 주었고, 그의 말은 쌍둥이의 마음에 생생한 그림을 그렸다. "고대 나무가 비밀을 속삭이고 강이 멜로디를 시늉하는 무두말라이의 중심부에는 가젠드라라는 이름의 위엄 있는 코끼리가 살고 있었습니다. 그는 평범한 생물이 아니었는데, 숲의 정령들로부터 측량할 수 없는 지혜의 축복을 받았기 때문이다."

안나푸라니의 눈이 호기심으로 반짝였다. "마법의 코끼리요, 할아버지? 어쩌다 그런 지혜를 가지게 된 걸까?"

바이디야나탄은 알겠다는 듯 미소를 지었다. "아, 친애하는 안나푸라니여, 가젠드라는 숲의 정령들로부터 통찰력과 이해력의 축복을 받아 희귀한 별들의 정렬 아래에서 태어났습니다."

부미나단은 호기심을 자극하며 더 가까이 다가왔다. "가젠드라는 자신의 지혜로 무엇을 한 건가요, 할아버지?"

나뭇잎이 바스락거리는 소리처럼 부드러운 목소리를 가진 미낙시가 이야기에 합류했다. "가젠드라는 자신의 이익을 위해서가 아니라 무두말라이의 생물들을 인도하고 보호하기 위해 지혜를 썼다. 그는 어둠의 시대에 빛의 등불이었고, 숲에 사는 모든 사람들에게 존경받는 지혜로운 현자였습니다."

쌍둥이는 기대감으로 가득 찬 눈빛을 교환했고, 그들의 상상력은 이미 무두말라이의 푸른 정글 속을 헤매고 있었다.

"보시다시피," 바이디야나단이 말을 이었다, "가젠드라의 가장 심오한 교훈은 현명한 선택을 하고 필요할 때 인도를 구하는 것의 중요성에 관한 것이었다. 그는 올바른 길을 아는 것뿐만 아니라 그 길에서 도움을 청할 수 있는 겸손함을 갖는 데 진정한 지혜가 있다고 믿었습니다."

안나푸라니는 눈썹을 찌푸리며 생각에 잠겼다. "숲에 있는 사람들은 모두 가젠드라의 충고를 따랐나요, 할머니?"

미낙시는 부드럽게 고개를 끄덕였다. "대부분의 사람들은 그랬지만, 자신이 더 잘 안다고 믿고 그의 권고를 무시하는 사람들도 있었습니다."

부미나단의 표정이 심각해졌다. "가젠드라의 지혜를 무시한 사람들은 어떻게 된 거죠, 할아버지?"

바이디야나단의 목소리가 슬픔으로 부드러워졌다. "가젠드라의 인도를 무시한 사람들은 종종 숲의 그늘 속에서 길을 잃고 피할 수 있었던 시련과 고난에 직면하게 되었습니다. 그러나 그의 가르침에 귀를 기울이고 따랐던 사람들에게는 이해와 명료함의 빛이 그들의 길을 밝혀 주었습니다."

쌍둥이는 조부모가 지혜와 경이로움에 대한 이야기를 들려주는 것을 열심히 들었고, 그들의 마음은 무두말라이의 신비로운 심연으로 옮겨졌다.

"하지만 이야기는 거기서 끝나지 않아요." 미낙시가 숲의 멜로디를 전하는 목소리로 말을 이었다. "어느 날, 릴라라는 이름의 소심한 여우는 두려움과 불확실성으로 마음이 무거워진 채 무두말라이의 우뚝 솟은 나무들 사이를 정처 없이 헤매고 있는 자신을 발견했습니다."

안나푸라니의 눈이 기대감으로 휘둥그레졌다. "릴라, 할머니는 어떻게 됐어요?"

미낙시의 미소는 산들바람의 어루만짐처럼 부드러웠다. "릴라는 우연히 가젠드라를 만났고, 그녀는 그녀를 두 팔 벌려 환영하며 지도와 위안을 주었습니다."

부미나단의 눈빛은 공감으로 가득 찼다. "릴라는 가젠드라 할머니에게 무엇을 배웠나요?"

미낙시의 눈이 지혜로 반짝였다. "릴라는 인도를 구하는 것의 중요성과 겸손의 힘을 배웠습니다. 그녀는 길을 잃었다고 느낄 때 도움을 청하는 것이 괜찮다는 것, 그리고 진정한 용기는 도움이 필요할 때 인정하는 데 있다는 것을 알게 되었습니다."

바이디야나단의 목소리에는 자부심이 묻어났다. "그렇다, 나의 친애하는 부미나탄이여. 따라서 Mudumalai의 현명한 수호자인 Gajendra는 우리의 여정에서 지혜와 지원의 모든 중요성을 가르쳐 주었습니다. 그분은 진정한 힘은 모든 것을 아는 데 있는 것이 아니라 필요할 때 인도를 구할 수 있는 지혜를 갖는 데서 나온다는 것을 보여 주셨습니다."

이야기가 끝나갈 무렵, 쌍둥이는 평온함이 밀려오는 것을 느꼈고, 그들의 마음은 가젠드라의 시대를 초월한 지혜와 무두말라이의 매혹적인 숲으로 가득 찼다. 그리고 그들은 새로운 깨달음으로 가슴이 벅차올라 잠이 들었고, 또 다른 매혹적인 이야기와 그 이야기로 얻은 귀중한 인생 교훈을 가지고 머문 지 여섯째 날을 마무리했다.

도덕:

이 이야기의 교훈은 참된 지혜는 올바른 길을 아는 것뿐만 아니라 필요할 때 인도를 구할 수 있는 겸손함을 갖는 데 있다는 것입니다. 마법의 코끼리 가젠드라는 지혜로운 선택을 하고 조언을 구하는 것의 중요성을 가르쳐 주었고, 이해와 명확성에 이르는 길을 밝혀 주었습니다. 그의 모범을 통해 우리는 확신이 없을 때 도움을 청해도 괜찮다는 것과 힘은 겸손에서 찾을 수 있다는 것을 배운다. 불확실성으로 가득 찬 세상에서 Gajendra의 시대를 초월한 교훈은 지혜와 인도를 구하는 것이 인생의 도전의 숲을 안전하게 통과할 수 있음을 상기시켜 줍니다.

우티의 마법에 걸린 숨겨진 계곡

미틸라푸람의 언덕 뒤로 해가 지고 하늘이 주황색과 분홍색으로 물들 때, 안나푸라니와 부미나단은 조부모님의 잠자리에 들기 전 이야기를 손꼽아 기다렸습니다. 야생화의 달콤한 향기가 공기를 가득 채우며 마법과 경이로움의 분위기를 자아냈습니다. 침대에 껴안은 쌍둥이의 마음은 기대감으로 들썩였고, 그들의 마음은 또 다른 매혹적인 모험을 떠날 준비가 되었습니다.

바이디야나단의 깊고 울림이 있는 목소리가 이야기를 엮어나가기 시작했다. "오래 전, 우티의 마법 같은 언덕에는 소수에게만 알려진 숨겨진 계곡이 있었습니다. 이 계곡에는 마법의 생물, 생생한 꽃, 고대의 비밀을 속삭이는 나무가 있었습니다. 모험과 호기심이 번성하는 곳이었습니다."

안나푸라니의 눈이 흥분으로 휘둥그레졌다. "숨겨진 계곡인가요, 할아버지? 그곳에는 어떤 마법의 생물이 살고 있었을까요?"

바이디야나탄은 따뜻한 미소를 지었고, 그의 눈은 빛으로 춤을 췄다. "아, 친애하는 안나푸라니여, 그 계곡에는 놀랍고 현자스러운 생물들이 살고 있었습니다. 그중에는 밤을 밝히는 빛나는 반딧불이, 고대 이야기를 들려주는 말을 타고난 동물들, 그리고 장엄한 얄리족이 있었습니다. 사자, 코끼리, 말이 섞인 이 신화 속의 수호자는 자비와 지혜로 계곡을 지켰습니다."

부미나단은 호기심이 발동하며 몸을 앞으로 기울였다. "혹시 숨겨진 계곡을 발견한 사람이 있나요, 할아버지?"

미낙시의 부드럽고 선율적인 목소리가 들려왔다. "그래, 부미나단. 어느 날, 아룬과 미라라는 모험심 강한 두 아이가 계곡을 우연히 발견했습니다. 그들은 지칠 줄 모르는 호기심과 미지의 세계를 탐험하는 사랑으로 마을에서 유명했습니다."

쌍둥이는 흥분한 눈빛을 교환했고, 이미 자신들이 용감한 탐험가라고 상상하고 있었다.

바이디야나단이 말을 이었다, "아룬과 미라는 마법에 걸린 언덕에 대한 이야기를 늘 들어왔지만, 숨겨진 계곡을 어떻게 찾는지는 아무도 몰랐다. 결심을 굳힌 그들은 할머니의 다락방에서 발견한 오래된 지도의 안내에 따라 탐험을 시작했습니다."

안나푸라니의 눈이 경이로움으로 반짝였다. "지도는 어떻게 생겼어요, 할아버지?"

바이디야나단이 키득키득 웃었다. "그것은 낡은 양피지 조각으로, 수수께끼 같은 상징으로 장식되어 있었고, 언덕을 굽이굽이 굽이굽이 도는 길이었다. 이 지도는 그 지도를 따라갈 수 있을 만큼 용감한 사람들에게 위대한 모험을 약속했습니다."

미낙시는 "아룬과 미라는 여정에서 많은 도전에 직면했다. 그들은 졸졸 흐르는 시냇물을 건너고, 가파른 절벽을 오르고, 빽빽한 숲 속을 헤쳐 나갔다. 하지만 그들의 호기심과 결단력은 결코 흔들리지 않았습니다."

"무서워한 적 있어요, 할머니?" 부미나단이 걱정이 가득한 목소리로 물었다.

미낙시는 고개를 끄덕였다. "그래, 부미나단, 그들이

두려움을 느꼈던 때가 있었어. 하지만 그들은 항상 서로에게서 힘을 찾았고, 그 계곡에는 그들의 원대한 꿈을 넘어서는 경이로움이 있다는 믿음에서 힘을 찾았습니다."

"마침내," 바이디야나단이 말을 이었다, "며칠간의 탐험 끝에, 그들은 가장 높은 언덕 기슭에 숨겨진 동굴에 도착했다. 그 안에서, 그들은 무지개 색으로 반짝이는 빛나는 차원문을 발견했다. 두근거리는 심장을 느끼며 그들은 차원문을 통과해 숨겨진 우티 계곡에 도착했다."

안나푸라니는 기뻐하며 손뼉을 쳤다. "해냈어요, 할아버지! 그들은 골짜기에서 무엇을 보았는가?"

바이디야나단의 목소리에는 경이로움이 가득했다. "계곡은 그들이 상상했던 것보다 더 아름다웠습니다. 꽃은 내면의 빛으로 빛났고, 나무는 부드러운 멜로디를 노래했다. 공기는 재스민 향과 마법 생물들의 웃음소리로 가득 찼습니다."

미낙쉬는 이어 "아룬과 미라는 사자, 코끼리, 말이 융합된 신화 속의 존재인 얄리의 환영을 받았다. 얄리는 그들의 용기와 탐구심에 감사를 표하며 열린 마음과 수용적인 태도로 세상을 탐험하는 것의 중요성을 전했다. 얄리는 이 계곡의 궁극적인 비밀을 밝혀냈다: 그 마법은 방문객들의 기쁨과 경외심을 통해 번성했다."

부미나단의 눈이 휘둥그레졌다. "아룬과 미라는 얄리

할머니에게 무엇을 배웠나요?"

미낙시는 따뜻한 미소를 지었다. "그들은 모험과 호기심이 엄청난 기쁨을 가져다주며, 세상은 발견되기를 기다리는 경이로움으로 가득 차 있다는 것을 배웠습니다. 그들은 또한 가장 큰 마법은 우리가 만드는 연결과 여정을 통해 얻는 지식에 있다는 것을 깨달았습니다."

부미나단은 생각에 잠긴 듯 고개를 끄덕였다. "귀중한 교훈이네요, 할머니."

바이디야나단의 눈이 자부심으로 반짝였다. "그렇다, 나의 친애하는 부미나탄이여. 아룬과 미라가 우티의 숨겨진 계곡에서 겪은 모험은 탐험의 기쁨과 세상에 대한 호기심의 중요성을 가르쳐 주었습니다. 그들은 아무리 힘들더라도 모든 여정에는 그 나름의 보상과 교훈이 따른다는 것을 깨달았습니다."

이야기가 끝나갈 무렵, 쌍둥이는 평온함이 밀려오는 것을 느꼈다. 그들의 마음은 아룬과 미라의 모험에서 오는 기쁨과 경이로움으로 가득 찼다. 그들은 마법의 계곡과 그들을 기다리고 있는 끝없는 가능성을 꿈꾸며 잠에 빠져들었습니다. 그리하여 그들은 또 다른 매혹적인 이야기와 그 귀중한 인생 교훈으로 머무른 지 7번째 밤을 마무리했으며, 앞으로 더 많은 이야기를 들려주길 간절히 바랐습니다.

도덕:

이 이야기의 교훈은 모험과 호기심이 세상의 숨겨진 경이로움을 드러냄으로써 우리의 삶을 풍요롭게 한다는 것입니다. 아룬과 미라가 우티의 숨겨진 계곡으로 떠나는 여정은 호기심과 미지의 세계를 받아들이면 놀라운 발견과 경험으로 이어질 수 있다는 것을 가르쳐 줍니다. 이 이야기는 열린 마음과 정신으로 탐험하는 것의 중요성과 다른 사람들과 배우고 연결하는 데서 오는 기쁨을 강조합니다. 진정한 마법은 지식을 추구하고, 도전에 맞서고, 그 과정에서 만나는 아름다움과 지혜에 감사하려는 의지에 있다는 것을 상기시켜 줍니다.

# 마하발리푸람의 돌의 마법 같은 노래

태양이 Mithilapuram의 언덕 뒤로 지고 하늘을 주황색과 분홍색으로 물들일 때, Annapurani와 Bhuminathan은 그들을 간절히 기다렸습니다.

조부모님의 잠자리 이야기. 야생화의 달콤한 향기가 공기를 가득 채우며 마법과 경이로움의 분위기를 자아냈습니다. 침대에 껴안은 쌍둥이의 마음은 기대감으로 들썩였고, 그들의 마음은 또 다른 매혹적인 모험을 떠날 준비가 되었습니다.

그날은 그들이 머문 지 여덟 번째 밤이었는데, 쌍둥이는 특히 흥분해 있었다. 바이디야나단의 깊고 울림이 있는 목소리가 이야기를 엮어나가기 시작했다. "사랑하는 여러분, 오늘 밤 저는 여러분을 고대 도시 마하발리푸람으로 데려갈 것입니다. 그곳에는 돌들이 단순히 역사의 침묵하는 증인 이상의 의미를 지닙니다. 이 도시에서는 돌들이 순수한 마음으로 감동을 받으면 마법의 노래를 부를 수 있습니다."

안나푸라니의 눈이 흥분으로 휘둥그레졌다. "노래할 수 있는 돌멩이요, 할아버지? 정말 대단하네요! 어쩌다 이렇게 된 거죠?"

바이디야나탄은 눈을 반짝이며 미소를 지었다. "아, 친애하는 안나푸라니여, 이 이야기는 오래 전, 마하발리푸람이 웅장한 사원과 조각품으로 유명한 번화한 항구 도시였을 때 시작됩니다. 이 경이로움 중에는 소수에게만 알려진 비밀이 있었는데, 그것은 바로 돌의 마법적인 노래와 관련된 비밀이었습니다."

부미나단은 호기심이 발동하며 몸을 앞으로 기울였다. "이 비밀은 누가 알아냈나요, 할아버지?"

미낙시의 부드럽고 선율적인 목소리가 들려왔다. "너와 아주 닮은 카비아와 카르틱이라는 두 남매가 있었어. 그들은 친절한 마음과 만족할 줄 모르는 호기심으로 유명했습니다. 어느 날, 그들은 해안 사원 근처에서 놀다가 누군가를 기다리고 있는 것 같은 늙고 신비한 남자를 우연히 만났습니다."

쌍둥이는 흥분한 눈빛을 교환했고, 이미 자신들이 용감한 남매라고 상상하고 있었다.

Vaidyanathan은 계속해서 "노인은 자신을 고대 비밀의 수호자인 Sage Aniruddha라고 소개했습니다. 그는 카비아와 카르틱의 마음에서 순수함을 보았고, 노래하는 돌의 비밀을 그들과 나누기로 결심했다. 그는 그들에게 마하발리푸람의 돌들은 마법의 노래, 즉 오랜 세월의 지혜를 드러내는 노래를 부를 수 있지만, 순수한 마음과 선한 의도를 가진 사람들의 감동을 받을 때에만 가능하다고 말했다."

안나푸라니의 눈이 경이로움으로 반짝였다. "카비아와 카르틱은 무슨 일을 하셨나요, 할아버지?"

바이디야나단이 키득키득 웃었다. "그들은 현자의 말에 감격했고 마법의 노래를 듣고 싶어 했습니다. 현자 아니룻다(Aniruddha)는 그들을 사원 단지의 외딴 곳으로 안내했는데, 그곳에는 크고 아름답게 조각된 돌이 서 있었습니다. 그분은 그들에게 눈을 감고, 돌에 손을 얹고, 가장 순수한 생각과 감정에 집중하라고 당부하셨습니다."

미낙쉬는 "카비아와 카르틱이 순수한 마음으로 돌을 만지자마자 부드럽고 선율적인 윙윙거림이 공기를 가득 채웠다. 그 돌은 부드럽게 진동하기 시작했고, 놀랍게도 노래를 부르기 시작했다. 그 노래는 그들이 이제껏 들어본 어떤 것과도 달랐으며, 고대의 지혜와 그들의 영혼에 직접 말을 거는 매혹적인 멜로디가 조화롭게 어우러져 있었다."

"할머니, 다른 사람 노래 들었어요?" 부미나단이 경외심으로 가득 찬 목소리로 물었다.

미낙시는 고개를 끄덕였다. "그래, 부미나단. 그 마법 같은 노래는 근처에 있는 모든 사람이 들을 수 있었지만, 그 노래의 진정한 의미와 아름다움은 순수한 마음을 가진 사람들만이 온전히 이해할 수 있었습니다. 이 노래는 사랑, 친절, 자연과 서로 조화를 이루며 사는 것의 중요성에 대한 메시지를 전달했습니다."

Vaidyanathan은 계속해서 "노래가 연주되는 동안 Kavya와 Karthik은 깊은 평화와 이해를 느꼈습니다. 그들은 돌에 담긴 마법이 순수함, 친절함, 그리고 순수한 마음에서 나오는 기쁨의 힘을 상기시켜 준다는 것을 깨달았습니다. 그들은 현자 아니룻다(Aniruddha)에게 항상 이러한 가치에 따라 살기 위해 노력할 것이라고 약속했습니다."

안나푸라니의 얼굴이 감탄으로 환해졌다. "카비아와 카르틱이 정말 특별하게 느껴졌나 봐요, 할아버지."

바이디야나단의 목소리에는 따뜻함이 가득했다. "그렇군요, 친애하는 안나푸라니여. 그들은 자신들에게 소중한 비밀이 맡겨졌다는 것을 알았습니다. 그들은 자신의 경험을 친구와 가족에게 나누었고, 노래하는 돌의 메시지를 전파하고 다른 사람들에게 순수한 마음으로 살도록 격려했습니다."

미낙시는 "시간이 지나면서 마하발리푸람 사람들은 노래하는 돌을 존경하고 소중히 여기게 되었다. 그들은 진정한 마법은 돌 자체에 있는 것이 아니라 그들을 감동시킨 마음의 순수함과 선함에 있다는 것을 이해했습니다. 도시는 점점 더 많은 사람들이 사랑과 친절의 가치를 받아들이면서 조화와 기쁨으로 가득 차서 번영했습니다."

부미나단의 눈이 호기심으로 반짝였다. "돌들이 노래를 멈춘 적이 있나요, 할머니?"

미낙시는 부드럽게 고개를 저었다. "아니, 부미나단. 마하발리푸람의 돌들은 순수한 마음으로 감동을 받을 때마다 오늘날까지 계속 노래하고 있습니다. 이 마법 같은 노래는 여전히 희망의 등불이자 선함과 순수함의 힘을 상기시켜 줍니다."

바이디야나단의 눈이 자부심으로 반짝였다. "그래서 카비아와 카르틱이 마하발리푸람에서 겪은 모험은 우리 모두에게 귀중한 교훈을 가르쳐 주었습니다. 돌의 마법 같은 노래는 진정한 마법은 순수함, 친절함, 선한 마음으로 살아가는 우리의 능력에 있다는 것을 상기시켜 줍니다. 그것은 우리가 사랑과 선함으로 세상에 다가갈 때 가장 큰 아름다움과 지혜를 찾을 수 있다는 것을 보여줍니다."

이야기가 끝나갈 무렵, 쌍둥이는 평온함이 밀려오는 것을 느꼈다. 그들의 마음은 카비아와 카르틱의 모험에 대한 기쁨과 경이로움, 그리고 마하발리푸람의 돌이 지은 마법의 노래로 가득 찼다. 그들은 고대의 돌과 순수한 마음으로 살았을 때 그들을 기다리고 있는 끝없는 가능성을 꿈꾸며 잠에 빠져들었습니다. 그리하여 그들은 또 다른 매혹적인 이야기와 그 귀중한 인생 교훈으로 머무른 여덟 번째 밤을 마무리하면서 앞으로 더 많은 이야기를 들려주길 간절히 바랐습니다.

도덕:

이 이야기의 교훈은 진정한 마법은 마음의 순수함과 의도의 선함에 있다는 것입니다. 카비아와 카르틱이 마하발리푸람에서 겪은 모험은 친절과 사랑, 성실함으로 세상에 다가갈 때 우리 주변 세상에 숨겨진 아름다움과 지혜를 발견할 수 있다는 것을 가르쳐 줍니다.

마하발리푸람의 노래하는 돌은 우리가 순수한 마음으로 살 때 생기는 조화와 기쁨을 상징하며, 우리의 행동과 태도가 긍정적인 영향을 미치고 다른 사람들도 그렇게 하도록 영감을 주는 힘이 있음을 상기시킵니다.

아나말라이의 황금 호랑이

태양이 Mithilapuram의 언덕 뒤로 지고 마을, Annapurani 와 Bhuminathan 에 황금빛 빛을 드리울 때

조부모님이 잠자리에 들기 전에 들려주시는 이야기를 손꼽아 기다렸다. 야생화의 달콤한 향기가 공기를 가득 채우며 마법과 경이로움의 분위기를 자아냈습니다. 침대에 껴안은 쌍둥이의 마음은 기대감으로 들썩였고, 그들의 마음은 또 다른 매혹적인 모험을 떠날 준비가 되었습니다.

그날은 그들이 머문 지 아홉 번째 밤이었는데, 쌍둥이는 특히 흥분되어 있었다. 바이디야나단의 깊고 울림이 있는 목소리가 이야기를 엮어나가기 시작했다. "사랑하는 이들이여, 오늘 밤 나는 너희를 장엄한 아나말라이 언덕으로 데려갈 것이다. 그곳에는 마법의 생물, 황금 호랑이가 돌아다니고 있다. 이 호랑이는 지금 이 순간을 진정으로 살아가는 사람들에게만 나타난다."

안나푸라니의 눈이 흥분으로 휘둥그레졌다. "황금 호랑이요, 할아버지? 정말 대단하네요! 어쩌다 이렇게 된 거죠?"

바이디야나탄은 눈을 반짝이며 미소를 지었다. "아, 친애하는 안나푸라니여, 이 이야기는 오래 전 아나말라이 언덕이 인간의 손길이 닿지 않고 자연이 가장 순수한 형태로 번성했을 때 시작됩니다. 언덕과 빽빽한 숲 사이에는 풀리안이라는 황금 호랑이가 살았는데, 그의 지혜와 현재 순간을 살고 있는 사람들을 제외한 모든 사람에게 숨어 있는 능력으로 유명합니다."

부미나단은 호기심이 발동하며 몸을 앞으로 기울였다. "이 마법의 호랑이는 누가 발견했어요, 할아버지?"

미낙시의 부드럽고 선율적인 목소리가 들려왔다. "아사라는 어린 소녀가 있었는데, 그녀는 기쁨에 넘치고 현재를 사랑하는 사람으로 유명했습니다. 그녀는 인근 마을에 살았고 종종 숲 속을 거닐며 순간의 아름다움에 빠져들었다. 어느 날, 탐험을 하던 그녀는 한 늙은 은둔자를 우연히 만났는데, 그는 그녀에게 황금 호랑이 푸렌의 전설에 대해 이야기해 주었습니다."

쌍둥이는 흥분한 눈빛을 교환했고, 이미 자신들이 용감한 아샤라고 상상하고 있었다.

바이디야나단은 이어 "은둔자는 아샤에게 황금 호랑이는 과거에 얽매이거나 미래에 대한 불안 없이 현재의 순간을 소중히 여기는 사람만이 볼 수 있다고 말했다. 이야기에 흥미를 느낀 아샤는 풀리안을 찾아 직접 마법을 경험해 보기로 결심했습니다."

안나푸라니의 눈이 경이로움으로 반짝였다. "아샤는 뭘 했어, 할아버지?"

바이디야나단이 키득키득 웃었다. "아샤는 숲 속 깊은 곳으로 모험을 떠나 모든 걱정을 내려놓고 주변의 아름다움에 완전히 몰입했습니다. 그녀는 새들의 지저귐을 듣고, 얼굴에 스치는 시원한 바람을 느끼고, 생생한 꽃과 우뚝 솟은 나무들을 보며 감탄했습니다."

미낙쉬는 "아샤는 방황하는 동안 모든 광경, 소리, 감각을 감상하며 현재의 순간에만 집중했다. 며칠이 지났고, 그녀는 자연과의 깊은 연결을 느끼며 평화로운 마음챙김 상태를 유지했습니다."

"할머니, 피곤하거나 무서워한 적 있나요?" 부미나단이 걱정이 가득한 목소리로 물었다.

미낙시는 고개를 끄덕였다. "그래, 부미나단, 아샤가 피곤하고 불안할 때가 있었어. 하지만 수녀는 항상 은둔자의 말을 기억하고 순간의 아름다움에 집중하며 주변에서 힘과 기쁨을 찾았다."

"마침내," 바이디야나단이 말을 이었다, "며칠 동안 방황하며 현재를 온전히 살아간 후, 아샤는 황금빛 햇살이 내리쬐는 외딴 빈터에서 자신을 발견했다. 그곳에 서서 그 순간을 즐기고 있을 때, 그녀는 자신의 뒤에 누군가가 있다는 것을 느꼈다. 천천히 몸을 돌리자 황금 호랑이 푸렌이 위풍당당하게 서 있는 것이 보였다."

안나푸라니는 기뻐하며 손뼉을 쳤다. "그녀가 그를 찾았어요, 할아버지! 그 다음에는 무슨 일이 있었나요?"

바이디야나단의 목소리에는 경이로움이 가득했다. "풀리안은 온화한 우아함으로 아샤에게 다가갔고, 그의 황금빛 털은 햇빛에 반짝였다. 그는 지혜와 평온함이 공명하는 목소리로 그녀에게 말했다. 풀리안은 아샤가 지금 이 순간을 살아가는 능력을 칭찬하고 진정한 행복과 만족의 비밀을 이야기해 주었다."

미낙시는 "풀리안은 아샤에게 만족스러운 삶의 열쇠는 매 순간을 소중히 여기고, 과거에 대한 후회와 미래에 대한 걱정을 버리는 것이라고 말했다. 그는 현재를 온전히 살면 인생의 진정한 아름다움과 마법을 경험할 수 있다고 설명했습니다."

부미나단의 눈이 호기심으로 반짝였다. "아샤는 풀리안 할머니에게 무엇을 배웠나요?"

미낙시는 따뜻한 미소를 지었다. "아샤는 지금 이 순간이 우리가 진정으로 가진 전부이며, 열린 마음으로 그 순간을 받아들임으로써 기쁨과 평안과 지혜를 찾을 수 있다는 것을 배웠습니다. 그녀는 황금 호랑이의 마법이 우리 주변의 아름다움에 감사하고 주의를 기울여 살아야 한다는 것을 상기시켜 준다는 것을 깨달았습니다."

부미나단은 생각에 잠긴 듯 고개를 끄덕였다. "귀중한 교훈이네요, 할머니."

바이디야나단의 눈이 자부심으로 반짝였다. "그렇다, 나의 친애하는 부미나탄이여. 아샤는 아나말라이의 황금 호랑이 풀리안을 만나 현재를 소중히 여기는 것의 중요성을 배웠습니다. 그 기사는 참다운 행복과 만족은 온전히 현재에 있으면서 인생의 단순한 경이로움을 인식하는 데서 온다는 것을 보여 주었습니다."

이야기가 끝나갈 무렵, 쌍둥이는 평온함이 밀려오는 것을 느꼈다. 그들의 마음은 아샤의 모험에 대한 기쁨과 경이로움, 그리고 황금 호랑이의 지혜로 가득 찼다. 그들은 장엄한 호랑이를 꿈꾸며 잠에 빠져들었고, 지금 이 순간을 살았을 때 그들을 기다리고 있는 무한한 가능성을 꿈꿨다. 그리하여 그들은 또 다른 매혹적인 이야기와 그 이야기로 귀중한 인생 교훈을 얻으며 머무른 지 9일 밤을 마무리했으며, 앞으로 더 많은 이야기를 들려주길 간절히 바랐습니다.

도덕:

이 이야기의 교훈은 현재의 순간을 소중히 여기는 것입니다. 아샤가 아나말라이의 황금 호랑이 풀리안을 만난 것은 진정한 행복과 만족은 우리 주변의 아름다움을 감상하고 마음을 챙기는 데 있다는 것을 보여줍니다. 과거에 대한 후회와 미래에 대한 걱정을 떨쳐 버림으로써, 우리는 인생의 마법과 경이로움을 온전히 경험할 수 있습니다. 이 이야기는 지금 이 순간이 우리가 진정으로 가진 전부이며, 열린 마음으로 그 순간을 받아들이면 가장 단순한 삶의 경험에서도 기쁨, 평화, 지혜를 찾을 수 있다는 것을 가르쳐 줍니다.

카냐쿠마리 일출의 마법

태양이 Mithilapuram의 언덕 뒤로 지고 마을, Annapurani 와 Bhuminathan 에 따뜻한 빛을 드리울 때

조부모님이 잠자리에 들기 전에 들려주시는 이야기를 손꼽아 기다렸다.

야생화의 달콤한 향기가 공기를 가득 채우며 마법과 경이로움의 분위기를 자아냈습니다. 침대에 껴안은 쌍둥이의 마음은 기대감으로 들썩였고, 그들의 마음은 또 다른 매혹적인 모험을 떠날 준비가 되었습니다.

그날은 그들이 머문 지 10일째 되는 날이었는데, 쌍둥이는 특히 흥분하였다. 바이디야나단의 깊고 울림이 있는 목소리가 이야기를 엮어나가기 시작했다. "사랑하는 여러분, 오늘 밤 저는 여러분을 인도의 최남단, 마법의 땅 카냐쿠마리로 데려갈 것입니다. 그곳에서는 일찍 일어나 자연의 경이로움을 소중히 여기는 사람들에게 태양이 특별한 소원을 들어줍니다."

안나푸라니의 눈이 흥분으로 휘둥그레졌다. "태양이 소원을 들어주신가요, 할아버지? 정말 대단하네요! 어쩌다 이렇게 된 거죠?"

바이디야나탄은 눈을 반짝이며 미소를 지었다. "아, 친애하는 안나푸라니여, 이 이야기는 오래 전 칸야쿠마리가 작고 평온한 마을이었을 때 시작됩니다. 마을 사람들은 자연의 아름다움, 특히 바다 위로 떠오르는 숨막히는 일출을 존경했습니다. 그들은 태양이 마법적인 힘을 가지고 있으며, 태양의 아름다움을 감상하기 위해 일찍 일어나는 사람들에게 보상을 줄 것이라고 믿었습니다."

부미나단은 호기심이 발동하며 몸을 앞으로 기울였다. "누가 이 마법을 발견했어요, 할아버지?"

미낙시의 부드럽고 선율적인 목소리가 들려왔다. "자연을 사랑하고 일찍 일어나는 습관으로 유명한 라비라는 어린 소년이 있었습니다. 그는 바위 언덕을 올라 일출을 보며 하늘을 물들이는 화려한 색과 잔잔한 파도에 매료되곤 했습니다."

쌍둥이는 흥분된 눈빛을 교환했고, 이미 자신들이 호기심 많은 라비라고 상상했다.

Vaidyanathan은 계속해서 "어느 아침, Ravi는 해가 뜨는 것을 보면서 특별한 것을 발견했습니다. 태양 광선이 황금빛으로 반짝이는 것 같았고, 산들바람에 나부끼는 부드러운 속삭임이 들렸다. '라비, 너는 순수한 마음으로 자연의 아름다움을 소중히 여겼어. 오늘, 너는 특별한 소원을 들어줄 거야.'"

안나푸라니의 눈이 경이로움으로 반짝였다. "라비가 뭘

바랐어요, 할아버지?"

바이디야나단이 키득키득 웃었다. "라비는 깜짝 놀랐지만 곧 소원을 빌었습니다. 그는 동물의 언어를 이해할 수 있는 능력을 원했습니다.

그들을 돕고 그들의 지혜에서 배우십시오. 소원을 빌자마자 황금빛 광선이 그를 감쌌고, 그는 마음속에 따뜻한 느낌을 느꼈습니다."

미낙시는 "그날부터 라비는 동물들을 이해하고 그들과 대화할 수 있게 됐다. 그는 이 재능을 마을 사람들과 숲의 생물들을 돕는 데 사용했으며, 동물들과의 대화에서 얻은 지혜를 공유했습니다. 그 결과 카냐쿠마리 마을은 번영을 누렸고, 라비의 자연에 대한 사랑은 더욱 깊어졌습니다."

"라비는 할머니, 다른 소원을 빌어 본 적 있나요?" 부미나단이 호기심으로 가득 찬 목소리로 물었다.

미낙시는 고개를 끄덕였다. "그래, 부미나단. 라비는 태양의 마법을 가볍게 여겨서는 안 된다는 것을 알고 있었다. 그는 자연을 소중히 여기고 소중히 여기는 능력이 진정한 선물이라는 것을 알았습니다. 매일 아침 그는 더 많은 소원을 빌기 위해서가 아니라 일출의 아름다움을 만끽하고 자연 속에 있는 마법을 기억하기 위해 계속해서 일찍 일어났습니다."

"마지막으로," Vaidyanathan은 말을 이었다, "라비는 마을 사람들에게 자신의 경험을 공유하며 일찍 일어나 일출을 감상하라고 격려했다. 얼마 지나지 않아 마을 전체가 매일 아침 모여들기 시작했습니다.

해가 뜨는 것을 보세요. 그들은 자연의 아름다움에 대한 감사로 하루를 시작함으로써 그들의 삶이 기쁨과 조화로 가득 차게 된다는 것을 알게 되었습니다."

안나푸라니는 기뻐하며 손뼉을 쳤다. "멋지네요, 할아버지! 라비는 어떻게 된 거야?"

바이디야나단의 목소리에는 따뜻함이 가득했다. "라비는 마을에서 현명하고 존경받는 지도자로 자랐습니다. 그분은 모든 사람에게 자연과 조화를 이루며 생활하고 자연의 아름다움을 감상하는 것의 중요성을 가르치셨습니다. 그의 유산은 계속 이어졌고, 카냐쿠마리 마을은 조화롭고 즐거운 생활 방식으로 유명해졌습니다."

미낙시는 "라비의 이야기는 진정한 마법은 우리 주변의

경이로움을 감상하는 능력에 있다는 것을 상기시켜준다. 자연을 소중히 여기고 일찍 일어나 자연의 아름다움을 목격함으로써 우리는 삶을 풍요롭게 하는 평화와 성취감을 찾을 수 있습니다."

부미나단의 눈이 호기심으로 반짝였다. "언젠가 칸야쿠마리에서 일출을 볼 수 있을까요, 할머니?"

미낙시는 따뜻한 미소를 지었다. "그래, 부미나단. 언젠가 우리는 Kanyakumari를 방문하여 마법 같은 일출을 함께 목격할 것입니다. 그때까지 우리는 바로 이곳 미틸라푸람에서 자연의 아름다움을 소중히 여기고 라비의 이야기에서 교훈을 기억할 수 있습니다."

바이디야나단의 눈이 자부심으로 반짝였다. "사랑하는 여러분, 카냐쿠마리의 마법 같은 일출을 본 라비의 경험은 우리 모두에게 귀중한 교훈을 가르쳐 줍니다. 일찍 일어나 자연의 아름다움을 감상함으로써 우리는 우리 마음과 우리 주변 세계에 있는 진정한 마법을 발견할 수 있습니다."

이야기가 끝나갈 무렵, 쌍둥이는 평온함이 밀려오는 것을 느꼈다. 그들의 마음은 라비의 모험에서 오는 기쁨과 경이로움, 그리고 자연의 아름다움을 소중히 여기는 지혜로 가득 찼다. 그들은 황금빛 일출을 꿈꾸며 잠이

들었고, 일찍 일어나 주변 세상을 감상할 때 그들을 기다리고 있는 무한한 가능성을 꿈꿨습니다. 그리하여 그들은 또 다른 매혹적인 이야기와 그 귀중한 삶의 교훈으로 머무른 지 10일 째 되는 밤을 마무리하면서 앞으로 더 많은 이야기를 들려주길 간절히 바랐습니다.

도덕:

이 이야기의 교훈은 일찍 일어나 자연의 아름다움을 감상함으로써 기쁨, 평화, 성취감을 찾을 수 있다는 것입니다. 카냐쿠마리에서 마법 같은 일출을 본 라비의 경험은 진정한 행복은 우리 주변의 경이로움을 소중히 여기는 데 있다는 것을 가르쳐 줍니다. 시간을 내어 자연을 관찰하고 감상할 때 우리는 환경과 우리 자신과 더 깊이 연결됩니다. 이러한 마음 챙김과 감사는 조화롭고 충만한 삶으로 이어질 수 있습니다. 이 이야기는 우리가 자연이 제공하는 아름다움에 대한 경이로움과 감사로 하루를 시작하도록 격려합니다.

칸치푸람의 마법 같은 실크 사리의 전설

태양이 지평선 아래로 가라앉아 하늘을 진홍색과 금색으로 물들일 때, 안나푸라니와 부미나탄은 침대에 아늑하게 앉아 할아버지와 할머니가 들려주는 밤의 이야기를 손꼽아 기다렸다. 귀뚜라미의 부드러운 윙윙거리는 소리와 재스민의 달콤한 향기로 공기가 가득 차서 또 다른

매혹적인 모험을 위한 완벽한 분위기를 조성했습니다.

그들이 머무른 지 11일째 되는 날 밤, 바이디야나탄의 깊고 선율적인 목소리가 이야기를 풀어나가기 시작하자 기대감이 무겁게 떠올랐다. "사랑하는 이들이여, 오늘 밤 나는 너희를 고대 도시 칸치푸람으로 데려갈 것이며, 그곳에는 마법의 실크 사리가 세레나데를 부르는 힘을 지니고, 전통과 장인 정신의 진정한 의미를 이해하는 사람들에게 바라타나티얌의 신성한 예술을 가르치기까지 할 것이다."

안나푸라니의 눈이 호기심으로 반짝였다. "노래하고 춤을 가르칠 수 있는 사리요, 할아버지? 어떻게 그런 일이 가능합니까?"

바이디야나탄은 환희로 눈을 반짝이며 미소를 지었다. "아, 친애하는 안나푸라니, 마법의 실크 사리에 대한 이야기는 칸치푸람의 풍부한 유산과 예술적 탁월함을 보여주는 증거입니다. 오래 전, 도시 한복판에 라잔이라는 숙련된 직조공이 살았습니다. 그는 기술에 대한 숙달과 전통에 대한 변함없는 헌신으로 널리 알려졌습니다."

부미나단은 더 많은 이야기를 듣고 싶어 몸을 앞으로 숙였다. "라잔이 마법의 사리를 만들었나요, 할아버지?"

미낙시의 부드러운 목소리가 더해져 이야기에 깊이를 더했다. "그렇다, 부미나단. 라잔은 수년에 걸쳐 최고급

명주실을 짜서 다른 어떤 것과도 비교할 수 없는 걸작을 만들었습니다. 그는 한 땀 한 땀 한 땀 한 땀 땀

쌍둥이는 눈앞에 펼쳐지는 이야기에 넋을 잃고 흥분한 눈빛을 교환했다.

Vaidyanathan은 계속해서 말을 이어갔습니다, "전설에 따르면 어느 운명적인 밤, Rajan이 사리를 마무리하고 있을 때 천상의 멜로디가 그의 초라한 거처를 가득 채웠다고 합니다. 놀랍게도, 그는 사리 자체가 노래를 부르고 있다는 것을 알게 되었는데, 그 노래는 영혼을 감동시키고 듣는 모든 사람을 매료시키는 감미롭고 선율적인 곡조였다."

안나푸라니는 놀라서 숨을 헐떡였다. "라잔은 무슨 일을 하셨어요, 할아버지?"

바이디야나단의 목소리에는 경외감이 담겨 있었다. "라잔은 자신의 창조물이 평범한 사리가 아니라 신이 그에게 부여한 신성한 선물이라는 것을 깨달았습니다.

사리는 전통과 장인 정신의 진정한 본질을 이해하고 인정하는 사람들에게 세레나데를 부르는 힘을 가지고 있었습니다."

미낙쉬는 "그날부터 마법의 실크 사리는 칸치푸람의 풍부한 문화 유산의 상징이 되었습니다. 그것은 여러 세대에 걸쳐 전해져 내려왔으며, 그 중요성을 인식하고 그 신비한 힘을 존경하는 사람들에 의해 소중히 여겨졌습니다

."

부미나단의 눈이 호기심으로 빛났다. "혹시 할머니, 사리에서 바라타나땨을 배운 사람이 있나요?"

미낙시는 입가에 부드러운 미소를 띄우며 고개를 끄덕였다. "그래, 부미나단. Sharmila라는 어린 소녀가 할머니의 다락방에서 마법의 사리를 우연히 발견한 때가 있었습니다. 샤밀라는 재능 있는 무용수였지만 바라타나티암에서 진정으로 뛰어난 능력을 발휘하는 데 필요한 지도력과 지혜가 부족했습니다."

안나푸라니는 펼쳐지는 이야기에 매료되어 더 가까이 다가갔다. Vaidyanathan은 계속해서 "Sharmila는 사리를 본 순간부터 사리에 깊은 유대감을 느꼈습니다. 그 의미를 느낀 그녀는 사리를 입고 춤을 추기 시작했다. 놀랍게도, 사리가 살아나면서 그녀의 움직임에 맞춰 완벽한 리듬을 맞춰 움직이고 흔들렸습니다."

안나푸라니는 숨을 헐떡이며 경이로움으로 눈을 동그랗게 떴다. "사리가 가르쳐 주셨나요, 할아버지?"

바이디야나탄은 자랑스러운 표정으로 고개를 끄덕였다. "그렇다, 안나푸라니. 마법의 사리는 샤밀라의 모든 발걸음을 안내했고, 그녀가 춤을 출 때마다 고대의 지혜와 신의 은총을 전해주었다. 사리의 지도 아래 샤밀라는 노련하고 존경받는 무용수로 꽃을 피웠고, 그녀의 공연으로 관객을 사로잡았습니다."

부미나단의 얼굴이 흥분으로 환해졌다. "놀라워요, 할아버지! 샤밀라와 사리는 어떻게 된 거지?"

미낙시의 목소리가 그리움으로 부드러워졌다. "샤밀라는 당대 가장 유명한 바라타나티얌 무용수 중 한 명이 되어 춤의 아름다움과 우아함을 전 세계 관객과 공유했습니다. 사리는 계속해서 마법을 엮어내며 여러 세대의 무용수들에게 영감을 주고 칸치푸람의 풍부한 문화 유산을 보존했습니다."

바이디야나단의 눈이 자부심으로 반짝였다. "사랑하는 여러분, 칸치푸람의 마법 같은 실크 사리 세레나데의 전설은 우리에게 전통, 장인 정신, 이해의 중요성을 가르쳐 줍니다. 우리의 문화 유산을 소중히 여기고 그 안에 숨겨진 아름다움과 지혜를 인식해야 한다는 것을 상기시켜 줍니다."

이야기가 끝나갈 무렵, 안나푸라니와 부미나단은 경외감과 감탄에 휩싸였다. 그들의 마음은 칸치푸람의 문화 유산에 대한 매혹적인 이미지로 가득 찼고, 시대를 초월한 아름다움에 깊은 감사를 느꼈습니다. 이야기를 할 때마다 그들은 새로운 깊이의 경이로움과 지혜를 발견했고, 앞으로 펼쳐질 밤의 모험을 손꼽아 기다렸습니다. 그리하여 그들은 머무는 지 11일째 되는 날 밤에 작별을 고하고, 마음을 사로잡는 이야기와 그들이 전해 준 심오한 교훈에 감사하며, 앞으로 펼쳐질 이야기들을 간절히 고대한다.

도덕:

이 이야기의 교훈은 전통과 장인 정신에 대한 진정한 이해가 문화 유산의 아름다움과 마법을 드러낸다는 것입니다. 이야기 속의 실크 사리가 그 의미를 이해한 사람들에게 자신의 춤 솜씨를 드러냈던 것처럼, 전통과 장인 정신의 본질을 받아들이면 문화재의 풍요로움과 깊이를 경험할 수 있습니다. 과거의 유산을 소중히 여기고 기림으로써 우리는 유산을 보존할 뿐만 아니라 우리의 삶을 풍요롭게 하고 우리를 뿌리와 연결시키는 숨겨진 경이로움을 발견하여 우리를 둘러싼 시대를 초월한 아름다움에 대한 경외감과 존경을 키울 수 있습니다.

Rameswaram의 치유의 물

미틸라푸람에 머문 지 열두 번째 밤, 하늘에 별이 반짝이고 달이 은은한 빛을 발할 때,

안나푸라니(Annapurani)와 부미나단(Bhuminathan)은 할아버지와 할머니가 잠자리에 들기 전에 들려주시는 이야기를 손꼽아 기다렸다. 공기는 기대감으로 가득 찼고, 재스민의 향기가 방 안을 풍기며 황홀한 분위기를 자아냈습니다.

바이디야나단의 깊고 부드러운 목소리가 이야기를 엮어나가기 시작했다. "사랑하는 이들이여, 오늘 밤 나는 너희를 몸과 영혼을 치유하는 힘을 지닌 라메스와람의 성스러운 해안으로 데려갈 것이다."

안나푸라니의 눈이 호기심으로 반짝였다. "치유의 물, 할아버지? 어떻게 그런 일이 가능합니까?"

바이디야나단은 따뜻한 미소를 지었다. "아, 친애하는 안나푸라니여, 라메스와람의 치유의 물 이야기는 고대의 전설이자 심오한 지혜의 이야기입니다. 오래 전에 아라빈단이라는 젊은 어부가 살았는데, 그는 친절한 마음씨와 흔들리지 않는 신앙으로 유명했습니다."

부미나단은 더 많은 이야기를 듣고 싶어 몸을 앞으로 숙였다. "아라빈단에게 무슨 일이 있었던 거죠, 할아버지?"

미낙시의 부드러운 목소리가 더해지며 이야기의 매력을 더했다. "아라빈단의 마을은 수년 동안 계속된 극심한 가뭄에 시달리고 있었습니다. 농작물은 시들었고, 사람들은 물이 부족해지면서 고통을 겪었습니다. 하지만 아라빈단은 결코 희망을 잃지 않았다. 그는 어딘가에 마을을 구할 수 있는 물 공급원이 있다고 믿었습니다."

쌍둥이는 이미 이야기에 푹 빠진 듯 흥분한 눈빛을 교환했다.

"어느 날, 라빈단은 라메스와람 해안 근처에서 낚시를 하던 중 바다 표면 아래에 숨겨진 신성한 물에 대해 이야기하는 늙은 현자를 만났습니다. 현자는 이 물이 모든 질병을 치료하고 땅에 생명을 불어넣는 힘을 가지고 있다고 말했습니다."

안나푸라니의 눈이 놀라움으로 휘둥그레졌다. "아라빈단은 치유의 물을 찾았나요, 할아버지?"

바이디야나탄은 고개를 끄덕였다. "마을에 대한 사랑과 굳건한 신념에 힘입어, 아라빈단은 신성한 물을 찾기 위한 위험한 여정을 시작했습니다. 그는 현자의 말과 자신의 직감에 따라 바다 깊숙이 잠수했습니다. 며칠 동안 수색한 끝에 그는 마침내 해저 아래에 숨겨진 동굴을 발견했습니다."

미낙시의 목소리에는 경건함이 가득 담겨 있었다. "동굴 한가운데에서 아라빈단은 부드러운 황금빛 빛이 비추는 수정처럼 맑은 물이 반짝이는 웅덩이를 발견했습니다. 그는 자신이 라메스와람의 성스러운 물을 찾았다는 것을 알고 있었다."

부미나단은 놀라서 숨을 헐떡였다. "아라빈단은 무슨 일을 하셨어요, 할머니?"

미낙시는 부드럽게 미소를 지었다. "아라빈단은 병에 치유의 물을 채우고 마을로 돌아갔다. 메마른 땅에 물을 붓자마자 기적적인 변화가 일어났습니다. 땅은 활기를 되찾았고, 농작물은 다시 한 번 풍성해졌다. 사람들은 기뻐했고, 아라빈단은 영웅으로 칭송받았다."

안나푸라니의 마음은 감탄으로 부풀어 올랐다. "아라빈단이 마을을 구했어요, 할아버지! 그 다음에는 무슨 일이 있었나요?"

바이디야나단의 눈이 자부심으로 빛났다. "아라빈단은 치유의 물을 필요로 하는 모든 사람에게 치유의 물을 나누어 주었고, 희망과 치유를 널리 퍼뜨렸습니다. 하지만 그는 또한 마을 사람들에게 진정한 치유는 내면에서 나온다는 귀중한 교훈을 가르쳐 주었습니다. 라메스와람의 성스러운 물은 신앙, 인내, 믿음의 힘이 가장 위대한 치유자라는 것을 상기시켜 주었습니다."

부미나단은 생각에 잠긴 듯 고개를 끄덕였다. "아름다운 교훈이네요, 할아버지."

바이디야나탄은 고개를 끄덕이며 동의했다. "그렇다, 나의 친애하는 부미나탄이여. 아라빈단이 라메스와람으로 떠난 여행은 그와 우리 모두에게 치유는 육체적 질병뿐만 아니라 우리 안에서 힘, 회복력, 평화를 찾는 것이기도 하다는 것을 가르쳐 주었습니다. 라메스와람의 물은 신앙과 용기로 깨어나기를 기다리는 우리 각자의 내면에 있는 치유의 무한한 잠재력을 상징합니다."

이야기가 끝나갈 무렵, 쌍둥이는 평안이 밀려오는 것을

느꼈다. 그들의 마음은 라메스와람의 치유의 물의 마법과 그들이 구현한 시대를 초월한 지혜로 가득 찼습니다. 그들은 용기와 신앙, 그리고 내면에서 우러나오는 치유의 힘을 받아들일 때 자신들을 기다리고 있는 무한한 가능성을 꿈꾸며 잠에 빠져들었다. 그리하여 그들은 또 다른 매혹적인 이야기와 그 귀중한 삶의 교훈으로 머무른 열두 번째 밤을 마무리했으며, 앞으로 더 많은 이야기를 할 수 있기를 열망했습니다.

도덕:

라메스와람의 치유수 이야기의 교훈은 진정한 치유는 내면에서 나온다는 것입니다. 물은 기적적인 힘을 지녔지만, 아라빈단의 흔들리지 않는 믿음과 인내, 그리고 더 큰 선에 대한 믿음은 결국 마을의 치유로 이어졌습니다. 이 이야기는 외적인 치료법도 나름의 효과가 있을 수 있지만, 가장 심오한 치유는 우리 안에 있는 힘, 회복력, 평안을 활용할 때 일어난다는 것을 가르쳐 줍니다. 그것은 용기, 신앙, 그리고 믿음의 힘이 우리 자신의 내면의 확신에 의해 깨어나기를 기다리는 가장 위대한 치유자라는 것을 상기시켜 줍니다.

코다이카날의 쿠린지 꽃

그들이 미틸라푸람에 머문 지 13일째 되는 날 밤, 공기는 기대감으로 가득 찼다 만큼 안나푸라니 부미나단은 조부모님의 잠자리에 들기 전 이야기를 기다렸다. 방은 은은한 빛으로 장식되었습니다.

깜박이는 촛불은 벽을 따라 춤을 추는 그림자를 드리우며 마법과 신비의 분위기를 자아냅니다.

나이팅게일의 멜로디처럼 풍부하고 부드러운 바이디야나탄의 목소리가 이야기를 엮어나가기 시작했다.

"사랑하는 이들이여, 오늘 밤, 나는 너희를 코다이카날의 안개 낀 언덕으로 데려갈 것이며, 그곳에는 구름 사이에 숨겨진 놀라운 비밀, 마법의 쿠린지 꽃이 있다."

안나푸라니의 눈이 흥분으로 휘둥그레졌다. "쿠린지 꽃이에요, 할아버지? 무엇이 그들을 마법처럼 만드는가?"

바이디야나탄은 따뜻한 미소를 지었고, 그의 눈은 매혹적인 이야기에 대한 약속으로 반짝였다. "아, 친애하는 안나푸라니여, 쿠린지 꽃은 평범한 꽃이 아닙니다. 그들은 12년에 한 번만 꽃을 피우며 산허리를 생생한 보라색으로 덮습니다. 전설에 따르면 그들은 마법의 속성을 가지고 있어 보는 사람들에게 그들의 진정한 모습을 엿볼 수 있게 해줍니다."

부미나단은 호기심이 발동하며 몸을 앞으로 기울였다. "쿠린지 꽃의 전설은 어떻게 시작되었나요, 할아버지?"

미낙시의 부드러운 목소리가 더해져 이야기의 매력을 더했다. "오래 전, 세상이 젊고 코다이카날의 언덕이 문명의 손길이 닿지 않았을 때, 마야라는 어린 소녀가 살았습니다. 마야는 다른 아이들과 달랐고, 호기심과 모험에 대한 갈망이 그녀를 돋보이게 했습니다."

쌍둥이는 마야에 대한 언급에 이미 넋을 잃은 듯 흥분된 눈빛을 교환했다.

바이디야나탄은 이야기의 마법을 담은 목소리로 말을

이었다. "마야는 종종 언덕을 돌아다니며 구석구석을 탐험했는데, 모험을 하던 중 쿠린지 꽃으로 가득한 숨겨진 빈터를 우연히 발견했습니다. 그들의 아름다움에 매료된 마야는 이상한 느낌이 자신을 감싸는 것을 느꼈다—그것은 자신과 자신을 둘러싼 세상과 진정으로 평화로워지는 느낌이었다."

안나푸라니의 마음은 경이로움으로 부풀어 올랐다. "마야는 어떻게 됐어요, 할아버지?"

바이디야나단의 눈은 흥분으로 빛나며 이야기 속으로 더 깊이 빠져들었다. "마야는 해마다 빈터로 돌아와 쿠린지 꽃이 피기를 손꼽아 기다렸습니다. 그들의 아름다움을 볼 때마다 그녀는 숨겨진 재능, 오랫동안 잊고 있던 꿈, 또는 자신이 가지고 있는지도 몰랐던 힘 등 자신에 대한 새로운 것을 발견했습니다."

부미나단은 이해한다는 듯 고개를 끄덕였다. "그럼, 쿠린지 꽃이 마야가 자신의 독특함을 받아들이는 데 도움이 되었다는 건가요, 할머니?"

미낙시는 고개를 끄덕였고, 그녀의 미소는 따뜻함으로 빛났다. "그렇다, 나의 친애하는 부미나탄이여. 마야는 쿠린지의 꽃처럼 자신도 희귀하고 특별하다는 것을 알게 되었다. 그녀는 자신의 독특함을 받아들이고 자신을 다른 사람들과 다르게 만드는 자질을 축하했습니다."

안나푸라니의 눈이 감탄으로 반짝였다. "정말 아름다운 교훈이에요, 할머니. 마야는 자신이 발견한 것을 다른 사람들과 공유했는가?"

미낙시의 목소리에는 따뜻함이 가득했다. "그래, 안나푸라니. 마야는 마을 사람들과 자신의 경험을 공유하면서 그들이 자신의 독특함을 받아들이고 그들 각자를 특별하게 만든 자질을 축하하도록 격려했습니다."

바이디야나단이 지혜가 묻어나는 목소리로 덧붙였다. "그래서, 나의 사랑하는 여러분, 쿠린지 꽃의 전설은 진정한 마법은 우리의 독특함을 받아들이는 데 있다는 것을 가르쳐 줍니다. 마야가 그랬던 것처럼, 우리 각자는 각자의 방식으로 특별하며, 서로의 차이를 포용할 때에만 진정으로 꽃을 피우고 잠재력을 발휘할 수 있습니다."

그의 시선은 안나푸라니와 부미나단을 휩쓸었고, 그 시선은 따뜻함과 격려로 가득 찼다. "우리의 개성을 받아들이는 것이 항상 쉬운 것은 아니지만, 그것은 개인의 성장과 성취를 위해 필수적입니다. 쿠린지의 꽃이 제때에 피어나는 것처럼, 우리도 우리의 여정을 존중하고 타고난 재능을 신뢰해야 합니다. 사랑하는 여러분, 여러분은 그 자체로 독특하면서도 비범하다는 것을 기억하십시오."

이야기의 결말이 다가오자 안나푸라니와 부미나단은 경외감과 영감에 휩싸였다. 그들의 마음은 쿠린지 꽃의 마법과 그것이 상징하는 심오한 지혜를 생각하면서 경이로움으로 부풀어 올랐습니다.

이야기를 할 때마다 그들은 가능성과 자기 발견의 매혹적인 세계로 더 깊이 빠져들게 되었습니다. 잠에 빠져들면서 그들은 마야가 진귀한 아름다움을 받아들인 것처럼 자신의 고유성을 포용하는 비전을 가지고 있었습니다.

쿠린지가 꽃을 피웁니다. 그리하여 그들은 그들이 전해 준 풍요로운 이야기와 귀중한 교훈에 감사하며 머무른 지 열세 번째 밤에 작별을 고하고, 앞으로 펼쳐질 밤을 열심히 기대한다.

도덕:

　　이 이야기의 교훈은 진정한 마법은 우리의 독특함을 받아들이는 데 있다는 것입니다. 마야가 쿠린지 꽃을 통해 자신의 특별한 특성을 발견한 것처럼, 우리 각자는 각자의 방식으로 특별합니다. 차이점을 포용하면 잠재력을 꽃피우고 발휘할 수 있으며 개인적인 성장과 성취감을 촉진할 수 있습니다. 우리의 여정을 존중하고 타고난 재능을 신뢰하는 것이 중요한데, 그 이유는 그것들이 우리를 진정으로 특별하게 만들고 용기와 자신감을 가지고 인생의 모험을 헤쳐 나갈 수 있게 해주기 때문입니다.

코임바토르의 면화 베개

미틸라푸람에 머문 지 14일째 되는 날 밤, 안나푸라니와 부미나탄이 정착하자 기대감이 가득했다

조부모님의 잠자리 이야기를 기다리는 그들의 침대. 방 안은 깜빡이는 촛불에서 나오는 부드러운 황금빛 빛으로 가득 차서 따뜻하고 매혹적인 분위기를 자아냈습니다.

바이디야나단의 목소리는 나무들 사이로 불어오는 산들바람처럼 부드러운 목소리로 이야기를 엮어나가기 시작했다. "사랑하는 여러분, 오늘 밤 저는 여러분을 분주한 도시 코임바토르로 데려갈 것입니다. 그곳에는 마법의 솜 베개가 세상과 단절하고, 재설정하고, 새로운 날을 위해 재충전할 수 있는 힘을 가지고 있습니다."

안나푸라니의 눈이 호기심으로 휘둥그레졌다. "마법의 베개요, 할아버지? 어떻게 작동하나요?"

바이디야나단은 따뜻한 미소를 지었고, 그의 눈은 특별한 이야기에 대한 약속으로 반짝였다. "아, 친애하는 안나푸라니여, 코임바토르의 면 베개는 평범한 베개가 아닙니다. 마법의 실로 짜여져 있으며, 도시를 둘러싼 들판에서 수확한 가장 부드러운 목화로 채워져 있습니다."

부미나단은 몸을 앞으로 숙였고, 그의 관심이 쏠렸다. "이 베개가 왜 그렇게 특별해요, 할아버지?"

미낙시의 부드러운 목소리가 더해지며 이야기의 매력을 더했다. "전설에 따르면 코임바토르의 솜 베개 위에 지친 머리를 기대면 평온과 평화의 세계로 옮겨진다고 합니다. 이 마법의 영역에서 그들은 세상의 걱정에서 벗어나 정신과 마음을 재설정하고 상쾌하고 새로워진 느낌으로 나올 수 있습니다."

쌍둥이는 눈앞에 펼쳐지는 이야기에 이미 매료된 듯 흥분된 눈빛을 교환했다.

바이디야나탄은 이야기의 마법을 전하는 목소리로 말을 이었다. "오래 전, 람이라는 젊은 직조공이 살았는데, 그는 코임바토르 전역에서 가장 좋은 면 베개를 만들기 위해 밤낮으로 일했습니다. 그의 베개는 편안함과 품질로 유명했지만 아무도 몰랐습니다.

안나푸라니의 마음은 경이로움으로 부풀어 올랐다. "비밀이 뭐였어요, 할아버지?"

바이디야나단의 눈은 흥분으로 빛나며 이야기 속으로 더 깊이 빠져들었다. "램은 베개를 짜는 데 사용하는 솜에 독특한 에너지, 즉 몸과 마음의 문제를 완화할 수 있는 진정 효과와 진정 에너지를 가지고 있다는 것을 발견했습니다. 그는 자신이 만든 각 베개에 이 에너지를 불어넣어 마법의 손길을 불어넣었습니다."

부미나단은 이해한다는 듯 고개를 끄덕였다. "그럼, 램의 베개에서 잠을 잤던 사람은 누구나 세상과 단절하고 재충전할 수 있을까?"

미낙시는 고개를 끄덕였고, 그녀의 미소는 따뜻함으로 빛났다. "그렇다, 나의 친애하는 부미나탄이여. Ram의 베개는 여행자, 지친 노동자 및 일상 생활의 혼란에서 휴식이 필요한 모든 사람에게 인기가 있었습니다. 그들은 부드러운 솜 베개에 머리를 대고 눈을 감고 걱정이 아침 햇살에 이슬방울처럼 녹아내리는 평화로운 세계로 떠내려가곤 했다."

안나푸라니의 눈이 감탄으로 반짝였다. "정말 아름다운 이야기예요, 할머니. 람이 자신의 비밀을 다른 사람들에게 공유했나요?"

미낙시의 목소리에는 지혜가 가득했다. "그래, 안나푸라니. 람은 모든 사람이 평화와 평온의 순간을 누릴 자격이 있다고 믿었기 때문에 자신의 마법 베개의 비밀을 코임바토르 사람들과 공유했습니다. 얼마 지나지 않아 그의 베개는 편안함과 원기 회복의 상징으로 널리 알려지게 되었습니다."

바이디야나단이 지혜가 묻어나는 목소리로 덧붙였다. "사랑하는 여러분, 코임바토르의 솜 베개에 대한 전설은 우리에게 세상과 단절하고, 재설정하고, 재충전하는 시간을 갖는 것의 중요성을 가르칩니다. 오늘날의 바쁜 세상에서는 혼돈에 휩싸여 웰빙을 우선시하는 것을 잊기 쉽습니다. 그러나 고요함과 이완의 순간을 받아들임으로써 우리는 에너지를 보충하고 명확성과 목적을 가지고 매일 새로운 날을 맞이할 수 있습니다."

그의 시선은 안나푸라니와 부미나단을 휩쓸었고, 그 시선은 따뜻함과 격려로 가득 찼다. "사랑하는 여러분, 재설정하고 재충전할 수 있는 힘은 우리 각자의 내면에 있다는 것을 기억하십시오. 코임바토르의 솜 베개처럼, 우리는 삶이 우리를 어디로 데려가든 평화와 활력을 찾을 수 있는 능력을 가지고 있습니다."

이야기의 결말이 다가오자 안나푸라니와 부미나단은

경외감과 영감에 휩싸였다. 그들의 마음은 마법의 베개 이야기와 그 베개가 전해 준 귀중한 교훈에 대한 감사로 부풀어 올랐습니다. 이야기를 할 때마다 그들은 가능성과 자기 발견의 매혹적인 세계로 더 깊이 빠져들게 되었습니다.

그들은 잠에 빠져들면서 평온의 순간을 받아들이고 삶의 도전 속에서 새로움을 찾는다는 비전을 가지고 있었습니다. 그리하여 그들은 머무른 지 열네 번째 밤과 작별을 고하고, 그들이 전해 준 풍성한 이야기와 귀중한 교훈에 감사하며, 앞으로 펼쳐질 밤들에 아직 펼쳐질 모험을 간절히 기대하고 있습니다.

도덕:

이 이야기의 교훈은 인생의 혼돈 속에서 고요함과 휴식의 순간을 우선시하는 것이 필수적이라는 것입니다. 코임바토르의 마법 같은 솜 베개가 그 편안함을 받아들인 사람들에게 휴식과 활력을 제공했던 것처럼, 우리도 세상과 단절하고, 재설정하고, 재충전할 수 있는 힘을 가지고 있습니다. 자기 관리와 자기 성찰의 시간을 가짐으로써 우리는 에너지를 보충하고, 명확성을 찾고, 새로운 목적과 활력으로 매일 새로운 날을 맞이할 수 있습니다. 이러한 평온의 순간을 받아들이면 회복력과 내면의 평화로 삶의 도전을 헤쳐 나갈 수 있습니다.

체티나드의 마법 마살라의 경이로움

미틸라푸람(Mithilapuram), 안나푸라니(Annapurani), 부미나탄(Bhuminathan)에 머문 지 15일째 되는 날 밤 자리 잡고 아래의 그들의 푹신한 담요, 사랑하는 할아버지

할머니의 또 다른 잠자리 이야기를 기다리고 있습니다. 방은 반짝이는 요정 조명으로 장식되어 있었고, 벽에서 춤을 추는 따뜻한 빛을 드리우며 또 다른 매혹적인 이야기의 무대를 마련했습니다.

바이디야나단의 목소리는 지저귀는 새의 목소리처럼 감미로웠고, 이야기를 엮어나가기 시작했다. "사랑하는 이들이여, 오늘 밤 나는 마법의 마살라가 가장 단순한 식사를 왕에게 어울리는 잔치로 바꾸는 힘을 가진 활기찬 땅 체티나드로 여행을 떠날 것입니다."

안나푸라니의 눈이 호기심으로 반짝였다. "마법의 마살라요, 할아버지? 어떻게 작동하나요?"

바이디야나단은 알겠다는 듯 미소를 지었고, 그의 눈은 모험에 대한 약속으로 반짝였다. "아, 친애하는 안나푸라니여, 체티나드의 마살라는 평범한 향신료 블렌드가 아닙니다. 여러 세대에 걸쳐 전해 내려온 허브와 향신료의 비밀 조합으로 만들어졌습니다. 전설에 따르면 이 마살라는 변신하는 힘을 가지고 있어 손이 닿는 모든 요리를 요리의 위대함으로 끌어올린다고 합니다."

부미나단은 더 많은 이야기를 듣고 싶어 몸을 앞으로 숙였다. "어떤 요리를 향상시킬 수 있을까요, 할아버지?"

미낙시의 부드러운 목소리가 더해져 이야기의 매력을 더했다. "오, 나의 친애하는 부미나탄이여, 체티나드의 마법 마살라는 끝이 없습니다. 소박한 렌틸콩부터 진한 카레까지, 짭짤한 스낵부터 달콤한 디저트까지, 그 손길로 고양되지 않는 요리는 없습니다."

쌍둥이는 눈앞에 펼쳐지는 이야기에 이미 매료된 듯 흥분된 눈빛을 교환했다.

바이디야나탄은 이국적인 향신료 향기가 감도는 목소리로 말을 이었다. "오래 전, 체티나드의 번화한 마을에 고팔이라는 겸손한 요리사가 살았습니다. 넉넉하지 않은 형편에도 불구하고 고팔은 요리에 뛰어난 재능을 가지고 있었다. 그의 요리는 간단하면서도 풍미가 넘쳤는데, 이는 그가 레시피에 사용한 마법의 마살라 덕분이었습니다."

안나푸라니의 마음은 경이로움으로 부풀어 올랐다. "고팔은 어떻게 됐어요, 할아버지?"

바이디야나단의 눈은 흥분으로 빛나며 이야기 속으로 더 깊이 빠져들었다. "어느 날, 마을에서 큰 잔치가 계획되었고, 고팔은 식사를 준비하는 임무를 맡았습니다. 마법 같은 마살라의 도움으로 그는 모두를 놀라게 하는 호화로운 스프레드를 휘젓습니다. 심지어 왕 자신도 그 잔치를 자기가 맛본 것 중 가장 훌륭한 잔치라고 선언하였다."

부미나단은 이해한다는 듯 고개를 끄덕였다. "그래서, 마법의 마살라가 고팔이 요리의 경이로움을 창조하는 데 도움이 되었다는 건가요?"

미낙시는 고개를 끄덕였고, 그녀의 미소는 따뜻함으로 빛났다. "그렇다, 나의 친애하는 부미나탄이여. 고팔의 요리는 전 세계적으로 전설이 되었고, 그의 작품을 맛보기 위해 세계 곳곳에서 여행자들을 끌어들였습니다. 하지만 마법의 마살라는 단순히 맛을 향상시키는 것 이상으로 고팔과 그의 요리를 맛본 모든 사람에게 창의성과 지략의 가치를 가르쳐 주었습니다."

안나푸라니의 눈이 감탄으로 반짝였다. "정말 훌륭한 교훈이네요, 할머니. 고팔이 자신의 비밀을 다른 사람들에게 알려줬나요?"

미낙시의 목소리에는 지혜가 가득했다. "그래, 안나푸라니. 고팔은 좋은 음식은 모든 사람과 나눠야 한다고 믿었기 때문에 자신의 마법 같은 마살라 요리법을 마을 사람들에게 아낌없이 공유했습니다. 얼마 지나지 않아 체티나드의 모든 사람들이 똑같은 매혹적인 향신료 혼합물로 요리하게 되었고, 어디를 가든 기쁨과 맛이 퍼졌습니다."

바이디야나단이 지혜가 묻어나는 목소리로 덧붙였다. "사랑하는 여러분, 체티나드의 마법 같은 마살라의 경이로움은 우리에게 약간의 향신료가 인생에 큰 도움이 될 수 있다는 것을 가르쳐 줍니다. Gopal과 마찬가지로 우리도 창의성과 수완을 포용하고 사용 가능한 도구를 사용하여 경험을 향상시키고 다른 사람들에게 기쁨을 가져다주어야 합니다."

그의 시선은 안나푸라니와 부미나단을 휩쓸었고, 그 시선은 따뜻함과 격려로 가득 찼다. "사랑하는 여러분, 가장 단순한 일에도 마법과 경이로움의 여지가 있다는 것을 기억하십시오. 요리를 할 때, 그림을 그릴 때, 문제를 해결할 때, 평범한 순간이 특별한 순간으로 바뀌는 것을 지켜보며 창의력을 발휘하세요."

이야기의 결말이 다가오자 안나푸라니와 부미나단은 경외감과 영감에 휩싸였다. 그들의 마음은 체티나드의 마법 같은 마살라 이야기와 그 이야기가 전해 준 귀중한 교훈에 대한 감사로 부풀어 올랐습니다. 이야기를 할 때마다 그들은 가능성과 자기 발견의 매혹적인 세계로 더 깊이 빠져들게 되었습니다.

잠에 빠진 그들은 약간의 향신료가 실제로 인생에 큰 도움이 될 수 있다는 것을 알고 그들이 하는 모든 일에서 창의성과 지략을 포용한다는 비전을 가지고 있었습니다. 그리하여 그들은 그들이 전해 준 풍요로운 이야기와 귀중한 교훈에 감사하며 머무른 지 15일째 되는 밤에 작별을 고하고, 앞으로 펼쳐질 밤을 간절히 기대하고 있습니다.

도덕:

    이 이야기의 교훈은 창의성과 수완이 인생에서 매우

귀중한 자산이라는 것입니다. 고팔의 마법 같은 마살라가 평범한 식사를 특별한 잔치로 바꾸어 놓았던 것처럼, 고정관념에서 벗어나 생각하고 손에 잡히는 자원을 사용하는 우리의 능력은 우리의 경험을 향상시키고 다른 사람들에게 기쁨을 줄 수 있습니다. 가장 단순한 작업에서도 혁신의 힘을 받아들이고 약간의 노력과 독창성이 진정으로 특별한 것을 만드는 데 큰 도움이 될 수 있음을 인식하는 법을 가르칩니다.

티루치라팔리의 춤추는 공작새의 미스터리

미틸라푸람에 머문 지 16일째 되는 날 밤, 방 안의 분위기는 다음과 같은 기대감으로 가득 찼다.

안나푸라니(Annapurani)와 부미나단(Bhuminathan)은 조부모님이 들려주시는 또 다른 매혹적인 잠자리 이야기를 듣기 위해 자리를 잡았습니다. 달빛의 은은한 빛이 커튼 사이로 스며들어 고요한 분위기를 자아냈다.

바이디야나단의 목소리는 자장가처럼 차분한 목소리로 이야기를 풀어나가기 시작했다. "사랑하는 이들이여, 오늘 밤 나는 너희를 티루치라팔리의 신비로운 땅으로 데려갈 것이며, 그곳에는 천 개의 무지개처럼 빛나고 창조물에 생명을 불어넣는 힘을 가진 깃털을 가진 춤추는 공작새가 기다리고 있다."

안나푸라니의 눈이 흥분으로 휘둥그레졌다. "춤추는 공작새요, 할아버지? 어떻게 그런 일이 가능합니까?"

바이디야나단은 따뜻한 미소를 지었고, 그의 눈은 이야기의 마법으로 빛났다. "아, 친애하는 안나푸라니여, 티루치라팔리의 공작새는 평범한 새가 아닙니다. 그들의 깃털은 상상력에 불을 붙이고 꿈에 생명을 불어넣는 신비로운 에너지를 가지고 있습니다."

부미나단은 더 많은 이야기를 듣고 싶어 몸을 앞으로 숙였다. "그들의 깃털은 어떤 종류의 창조물에 생명을 불어넣나요, 할아버지?"

미낙시의 부드러운 목소리가 더해지며 이야기의 매력을 더했다. "오, 나의 친애하는 부미나탄이여, 가능성은 무한합니다. 캔버스에서 튀어나오는 그림부터 우아하게 춤추는 조각품에 이르기까지, 공작새의 깃털은 모든 창작물에 마법의 손길을 불어넣습니다."

쌍둥이는 눈앞에 펼쳐지는 이야기에 이미 넋을 잃은 듯 흥분된 눈빛을 교환했다.

바이디야나탄은 신비로운 땅의 경이로움을 담은 목소리로 말을 이었다. "오래 전, 티루치라팔리의 중심부에 라비라는 젊은 예술가가 살았습니다. 그는 비범한 재능과 예술에 대한 깊은 사랑으로 온 나라에 알려졌습니다. 하지만 라비는 자신의 기술에도 불구하고 춤추는 공작새와 그들의 반짝이는 깃털의 본질을 포착할 수 있는 마법 같은 것을 만들고 싶었습니다."

안나푸라니의 마음은 경이로움으로 부풀어 올랐다. "라비, 할아버지는 어떻게 됐어요?"

바이디야나단의 눈은 흥분으로 반짝이며 이야기를 더 깊이 파고들었다. "어느 날, 라비는 티루치라팔리의 숲을 거닐다가 무지개 색으로 빛나는 깃털을 가진 위풍당당한 공작을 우연히 발견했습니다. 그 아름다움에 넋을 잃은 라비는 그 새에게 다가가 반짝이는 깃털 하나를 살며시 뽑았습니다."

부미나단은 이해한다는 듯 고개를 끄덕였다. "그 깃털이 라비의 작품에 생명을 불어넣었나요, 할머니?"

미낙시는 고개를 끄덕였고, 그녀의 미소는 따뜻함으로 빛났다. "그렇다, 나의 친애하는 부미나탄이여. 공작 깃털을 손에 든 라비는 스튜디오로 돌아와 그림을 그리기 시작했다. 그의 붓이 캔버스를 휩쓸었을 때, 색채들은 살아 움직이고, 춤을 추고, 그 자체로 생명력으로 소용돌이치는 것 같았다. 마치 공작의 마법이 모든 획에 매혹적인 에너지를 불어넣은 것 같았습니다."

안나푸라니의 눈이 감탄으로 반짝였다. "대단하네요, 할머니. 라비는 자신이 발견한 것을 다른 사람들과 공유했는가?"

미낙시의 목소리에는 지혜가 가득했다. "그래, 안나푸라니. 라비는 예술은 세상과 공유되어야 한다고 믿었기 때문에 새로 발견한 재능을 사용하여 보는 사람에게 기쁨을 주는 걸작을 만들었습니다. 그의 그림, 조각, 창작물은 다른 사람들이 꿈꾸고 상상하도록 영감을 주었고, 춤추는 공작새의 마법을 널리 퍼뜨렸습니다."

바이디야나단이 지혜가 묻어나는 목소리로 덧붙였다. "사랑하는 여러분, 티루치라팔리의 춤추는 공작새의 신비는 우리에게 상상력의 힘과 창조의 마법을 가르쳐 줍니다. 라비처럼 우리 각자는 꿈을 실현하고 자신만의 독특한 재능과 재능으로 다른 사람들에게 영감을 줄 수 있는 능력을 가지고 있습니다."

그의 시선은 안나푸라니와 부미나단을 휩쓸었고, 그 시선은 따뜻함과 격려로 가득 찼다. "사랑하는 여러분, 창의성에는 한계가 없으며 상상력을 발휘할 때 가능성은 무한하다는 것을 기억하십시오. 예술, 음악, 스토리텔링 또는 다른 형태의 표현을 통해 춤추는 공작새의 마법이 창조와 발견의 여정을 안내하도록 하십시오."

이야기의 결말이 다가오자 안나푸라니와 부미나단은 경외감과 영감에 휩싸였다. 그들의 마음은 티루치라팔리의 신비로운 공작새 이야기와 그 이야기가 전해 준 귀중한 교훈에 대한 감사로 부풀어 올랐습니다. 이야기를 할 때마다 그들은 가능성과 자기 표현의 매혹적인 세계로 더 깊이 빠져들게 되었습니다.

잠에 빠진 그들은 약간의 상상력으로 무엇이든 가능하다는 것을 알고 창의력을 발휘하고 꿈을 실현한다는 비전을 가지고 있었습니다. 그리하여 그들은 머무른 지 열여섯 번째 밤과 작별을 고하고, 그들이 전해 준 풍성한 이야기와 귀중한 교훈에 감사하며, 앞으로 펼쳐질 밤들에 펼쳐질 모험을 간절히 기대한다.

도덕:

티루치라팔리(Tiruchirappalli)의 춤추는 공작새 이야기의 교훈은 창의성에는 한계가 없으며 상상력의 힘은 꿈을 현실로 만들 수 있다는 것입니다. 젊은 예술가 라비(Ravi)가 그랬던 것처럼, 우리 각자는 다른 사람들에게 영감을 주고 세상에 아름다움을 창조할 수 있는 잠재력을 가진 독특한 재능과 재능을 가지고 있습니다. 우리의 창의성을 받아들이고 상상력을 발휘함으로써 우리는 우리 안의 마법을 활용하고 기쁨을 퍼뜨리고, 다른 사람들에게 영감을 주며, 세상을 더 매혹적인 곳으로 만드는 창조물을 만들 수 있습니다.

Sathyamangalam의 백단향 모래시계

미틸라푸람에 머문 지 17일째 되는 날 밤, 안나푸라니(Annapurani)와 부미나단(Bhuminathan)은 아늑한 담요 속에 파묻혀 사랑하는 조부모님이 잠자리에 들기 전에 들려주는 또 다른 매혹적인 이야기를 기다리고 있었다. 방 안은 달에서 내려오는 은은한 황금빛 빛으로 물들어 마법 같은 빛을 발하며 기대감을 고조시켰습니다.

바이디야나단의 목소리가 나무 사이로 불어오는 바람처럼 부드러운 목소리로 이야기를 엮어나가기 시작했다. "사랑하는 이들이여, 오늘 밤 나는 너희를 백단향 모래시계로 알려진 경이로운 유물이 시간을 되돌릴 수 있는 힘을 지니고 있는 사티아망갈람의 신비로운 숲으로 데려갈 것이다."

안나푸라니의 눈이 놀라움으로 휘둥그레졌다. "마법의 모래시계요, 할아버지? 어떻게 작동하나요?"

바이디야나탄은 모험에 대한 약속으로 눈을 반짝이며 따뜻한 미소를 지었다. "아, 친애하는 안나푸라니여, 샌달우드 모래시계는 평범한 시계가 아닙니다. 최고급 샌달우드로 제작되고 고대의 마법이 깃든 이 시계는 시간 자체를 조종할 수 있는 능력을 가지고 있습니다."

부미나단은 더 많은 이야기를 듣고 싶어 몸을 앞으로 숙였다. "모래시계가 뭘 할 수 있을까요, 할아버지?"

미낙시의 부드러운 목소리가 더해지며 이야기의 매력을 더했다. "오, 나의 친애하는 부미나탄이여, 백단향 모래시계는 시간을 되돌릴 수 있으며, 그것을 가진 사람들은 과거의 순간을 다시 방문하고 마치 새로운 일이 일어나는 것처럼 다시 경험할 수 있습니다."

쌍둥이는 눈앞에 펼쳐지는 이야기에 이미 매료된 듯 흥분된 눈빛을 교환했다.

바이디야나탄은 고대 숲의 마법이 담긴 목소리로 말을 이었다. "오래 전, 사티아망갈람의 심장부에 아라빈드라는 지혜로운 현자가 살았습니다. 그는 샌달우드 모래시계의 수호자였으며 보살핌과 보호를 맡았습니다. 수 세기 동안 아라빈드는 숲 사람들에게 지혜와 치유를 가져다주기 위해 모래시계를 사용했습니다."

안나푸라니의 마음은 호기심으로 부풀어 올랐다. "아라빈드는 어떻게 된 거죠, 할아버지?"

바이디야나단의 눈은 흥분으로 빛나며 이야기 속으로 더 깊이 빠져들었다. "어느 날, 한 젊은 여행자가 숲 속 깊은 곳에 있는 아라빈드의 초라한 거처를 우연히 발견했습니다. 여행에 지치고 과거의 후회에 짓눌린 여행자는 아라빈드에게 모래시계를 이용해 시간을 되돌리고 자신의 실수를 되돌릴 수 있게 해달라고 간청했다."

부미나단은 이해한다는 듯 고개를 끄덕였다. "아라빈드가 여행자의 소원을 들어주셨나요, 할머니?"

미낙시는 고개를 끄덕였고, 그녀의 미소는 따뜻함으로 빛났다. "그렇다, 나의 친애하는 부미나탄이여. 하지만 아라빈드가 모래시계를 돌리고 시간의 모래가 뒤로 흐르기 시작하자, 그는 여행자에게 귀중한 교훈을 전했다. 그는 과거는 바꿀 수 없지만 현재는 선물이며 미래는 무한한 가능성으로 가득 차 있다는 것을 상기시켰습니다."

안나푸라니의 눈이 감탄으로 반짝였다. "정말 아름다운 교훈이에요, 할머니. 여행자는 이해했을까?"

미낙시의 목소리에는 지혜가 가득했다. "그래, 안나푸라니.

여행자는 시간이 소중하고 과거에 집착하는 것은 현재를 온전히 받아들이는 데 방해가 될 뿐이라는 것을 깨달았습니다. 아라빈드의 지도로 그는 후회를 떨쳐버리고 매 순간을 최선을 다해 살아가는 법을 배웠습니다."

바이디야나단이 지혜가 묻어나는 목소리로 덧붙였다. "그래서, 나의 사랑하는 여러분, 의 이야기

샌달우드 모래시계는 시간이 정말 소중하다는 것을 가르쳐 줍니다. 우리가 과거를 바꿀 수는 없지만, 우리는 현재의 순간을 최대한 활용함으로써 미래를 형성할 수 있는 힘을 가지고 있습니다."

그의 시선은 안나푸라니와 부미나단을 휩쓸었고, 그 시선은 따뜻함과 격려로 가득 찼다. "나의 사랑하는 이들이여, 매 순간을 소중히 여기는 것을 기억하라, 왜냐하면 시간은 결코 당연하게 여겨져서는 안 되는 덧없는 선물이기 때문이다. 감사하는 마음으로 살고, 하루하루를 기쁨으로 받아들이고, 자신에게 오는 모든 기회를 최대한 활용하십시오."

이야기의 결말이 다가오자 안나푸라니와 부미나단은 경외감과 영감에 휩싸였다. 그들의 마음은 백단향 모래시계 이야기와 그 이야기가 전해 준 귀중한 교훈에 대한 감사로 부풀어 올랐습니다. 이야기를 할 때마다 그들은 가능성과 자기 발견의 매혹적인 세계로 더 깊이

빠져들게 되었습니다.

그들은 잠에 빠져들면서 시간이 가장 소중한 선물이라는 것을 알고 매 순간을 소중히 여기고 인생을 최대한 살겠다는 비전을 가지고 있었습니다. 그리하여 그들은 그들이 전해 준 풍요로운 이야기와 귀중한 교훈에 감사하며 머문 지 열일곱 번째 밤에 작별을 고하고, 앞으로 펼쳐질 밤의 모험을 간절히 기대하고 있습니다.

도덕:

　이 이야기의 교훈은 시간이 참으로 소중하다는 것입니다. 우리가 과거를 바꿀 수는 없지만, 우리는 현재의 순간을 최대한 활용함으로써 미래를 형성할 수 있는 힘을 가지고 있습니다. 시간은 결코 당연하게 여겨서는 안 되는 덧없는 선물이기 때문에 매 순간을 소중히 여기는 법을 가르칩니다. 우리는 감사하는 마음으로 살고, 매일을 기쁨으로 받아들이며, 우리에게 오는 모든 기회를 최대한 활용해야 합니다. 매 순간을 소중히 여기고 인생을 최대한 살면서 우리는 가장 소중한 선물인 시간을 기립니다.

티루반나말라이의 영원한 불꽃의 전설

미틸라푸람에 머문 지 18일째 되는 날 밤, 안나푸라니와 부미나탄은 담요 속에 아늑하게 몸을 담그고 사랑하는 조부모님의 또 다른 매혹적인 잠자리 이야기를 기다리고 있었습니다. 방 안은 달빛의 은은한 빛으로 가득 차 마법 같은 분위기를 자아내며 또 다른 매혹적인 이야기의 무대를 마련했습니다.

바이디야나단의 목소리가 속삭이는 산들바람처럼 부드럽게 이야기를 풀어나가기 시작했다. "사랑하는 이들이여, 오늘 밤, 나는 영원한 불꽃의 전설이 산의 심장부에서 밝게 타오르는 성스러운 땅 티루반나말라이로 너희를 데리고 갈 것이다."

안나푸라니의 눈이 호기심으로 반짝였다. "영원한 불꽃이요, 할아버지? 무엇이 그것을 마법처럼 만드나요?"

바이디야나탄은 기대감으로 눈을 반짝이며 따뜻한 미소를 지었다. "아, 나의 친애하는 안나푸라니여, 티루반나말라이의 영원한 불꽃은 평범한 불이 아닙니다. 그것은 신비로운 속성을 가지고 있으며, 그것을 보는 모든 사람의 영혼을 감동시키는 빛과 따뜻함을 발산한다고 합니다."

부미나단은 더 많은 이야기를 듣고 싶어 몸을 앞으로 숙였다. "영원한 불꽃은 어떻게 생겨난 거죠, 할아버지?"

미낙시의 부드러운 목소리가 더해지며 이야기의 매력을 더했다. "오래 전, 고대 도시 티루반나말라이에는 아디티야라는 지혜로운 현자가 살았습니다. 그는 깊은 지혜와 신에 대한 변함없는 헌신으로 온 땅에 알려져 있었습니다."

쌍둥이는 눈앞에 펼쳐지는 이야기에 이미 매료된 듯 흥분된 눈빛을 교환했다.

바이디야나탄은 신성한 산의 경건함이 담긴 목소리로 말을 이었다. "아디티야는 티루반나말라이의 성스러운 산

정상에서 수년간 명상하며 깨달음과 신과의 교감을 추구했습니다. 어느 운명적인 밤, 그가 자신의 내면 깊은 곳을 들여다보았을 때, 그의 마음 속에서 찬란한 불꽃이 타올랐습니다."

안나푸라니의 마음은 경이로움으로 부풀어 올랐다. "그 다음에는 무슨 일이 있었어요, 할아버지?"

바이디야나단의 눈은 흥분으로 빛나며 이야기 속으로 더 깊이 빠져들었다. "아디티야의 심장 속의 불꽃은 점점 더 밝아지더니 마침내 그의 가슴에서 터져 나와 빛나는 빛으로 어둠을 밝혔다. 그것은 하늘 높이 솟아올라 산의 심장부에 자리 잡았고, 바로 오늘날까지 그곳에서 불타고 있습니다."

부미나단은 이해한다는 듯 고개를 끄덕였다. "그럼, 영원한 불꽃은 내면의 빛과 깨달음의 상징인가요, 할머니?"

미낙시는 고개를 끄덕였고, 그녀의 미소는 따뜻함으로 빛났다. "그렇다, 나의 친애하는 부미나탄이여. 티루반나말라이의 영원한 불꽃은 신성의 빛이 우리 각자 안에 존재하며 발견되고 양육되기를 기다리고 있음을 상기시켜 줍니다."

안나푸라니의 눈이 감탄으로 반짝였다. "정말 아름다운 교훈이에요, 할머니. 다른 사람들은 영원한 불꽃의 빛을 찾았는가?"

미낙시의 목소리에는 지혜가 가득했다. "그래, 안나푸라니. 먼 곳에서 온 사람들이 영원한 불꽃의 축복을 찾고 내면의 자아와 연결되기 위해 티루반나말라이로 여행합니다. 그 깜빡이는 빛 속에서 그들은 인도와 영감, 그리고 그들 자신의 영적 여정을 시작할 용기를 찾기 때문입니다."

바이디야나단이 지혜가 묻어나는 목소리로 덧붙였다. "그래서, 나의 사랑하는 이들이여, 티루반나말라이의 영원한 불꽃에 대한 전설은 우리에게 우리 내면의 빛을 찾으라고 가르칩니다. 아디티야가 자신의 마음 속에서 신성의 불꽃을 발견한 것처럼, 우리도 깨달음을 향한 우리 자신의 내적 탐구에 착수해야 합니다."

그의 시선은 안나푸라니와 부미나단을 휩쓸었고, 그 시선은 따뜻함과 격려로 가득 찼다. "사랑하는 여러분, 신성의 빛은 우리 각자의 내면을 밝게 비추며 우리를 우리의 길로 인도하고 앞으로 나아가는 길을 비춘다는 것을 기억하십시오. 내면의 빛을 찾음으로써 우리는 우리 안에 잠들어 있는 무한한 잠재력을 열고 세상에서 밝게 빛날 수 있는 용기를 찾습니다."

이야기의 결말이 다가오자 안나푸라니와 부미나단은 경외감과 영감에 휩싸였다. 그들의 마음은 티루반나말라이의 영원한 불꽃 이야기와 그 이야기가 전해준 귀중한 교훈에 대한 감사로 부풀어 올랐습니다.

이야기를 할 때마다 그들은 자기 발견과 영적 각성의 매혹적인 세계로 더 깊이 빠져들게 되었습니다.

그들은 잠에 빠져들면서 자신 안의 빛을 찾는다는 비전을 가지고 있었고, 그것이 그들의 진정한 본질을 밝히고 그들의 운명을 성취하는 열쇠라는 것을 알았습니다. 그리하여 그들은 머무른 지 열여덟 번째 밤과 작별을 고하고, 그들이 전해 준 풍요로운 이야기와 귀중한 교훈에 감사하며, 앞으로 펼쳐질 밤의 모험을 간절히 기대한다.

도덕:

이 이야기의 교훈은 자신 안에서 빛을 찾는 것입니다. 티루반나말라이의 영원한 불꽃이 내면의 빛과 깨달음을 상징하는 것처럼, 각 개인은 내면의 신성한 불꽃을 발견하고 육성할 수 있는 잠재력을 가지고 있습니다. 깨달음을 향한 내면의 탐구를 시작함으로써 무한한 잠재력을 발휘하고, 지침을 찾고, 앞으로 나아갈 길을 밝힐 수 있습니다. 이 이야기는 자기 성찰, 자기 발견, 내면에 내재된 신성을 포용하는 것의 중요성을 가르치며, 개인이 세상에서 밝게 빛나고 용기와 명확성으로 자신의 운명을 완수할 수 있도록 힘을 실어줍니다.

바이가이(Vaigai)의 마법에 걸린 강

그들이 미틸라푸람에 머문 지 19일째 되는 날 밤, 공기는 기대감으로 가득 찼다 Annapurani 역 그리고 Bhuminathan은 침대에 앉아서 또 다른 매혹적인 잠자리 이야기를 기대하고 있습니다. 그들의 사랑하는 조부모님. 촛불의 은은한 빛으로 방을 비추어 따뜻하고 매력적인 분위기를 자아냈습니다.

바이디야나단의 목소리가 졸졸 흐르는 시냇물처럼 부드러운 목소리로 이야기를 엮어나가기 시작했다. "사랑하는 이들이여, 오늘 밤 나는 너희를 마법의 비밀이 있는 신비로운 바이가이 강 유역으로 데려갈 것이다."

안나푸라니의 눈이 호기심으로 휘둥그레졌다. "마법에 걸린 강인가요, 할아버지? 무엇이 그것을 마법처럼 만드나요?"

바이디야나탄은 흥분으로 눈을 반짝이며 따뜻한 미소를 지었다. "아, 친애하는 안나푸라니여, 바이가이의 마법 강은 평범한 수로가 아닙니다. 그것은 그 반짝이는 심연을 들여다보는 사람들의 가장 깊은 욕망을 반영하는 힘을 가지고 있습니다."

부미나단은 더 많은 이야기를 듣고 싶어 몸을 앞으로 숙였다. "어떻게 하시는 거죠, 할아버지?"

미낙시의 부드러운 목소리가 더해지며 이야기의 매력을 더했다. "오, 나의 친애하는 부미나탄이여, 마법의 강은 지혜를 찾는 자들의 의도와 열망에 응답하는 고대 마법으로 가득 차 있습니다. 강물은 사람의 가장 진실한 욕망과 열망을 엿볼 수 있게 해준다고 합니다."

쌍둥이는 눈앞에 펼쳐지는 이야기에 이미 매료된 듯 흥분된 눈빛을 교환했다.

바이디야나탄은 흐르는 강물의 신비로움을 담은 목소리로

말을 이었다. "오래 전, 바이가이 강둑을 따라 자리 잡은 고요한 마을에 시바라는 젊은 수비학 학생이 살았습니다. 겸손한 성장에도 불구하고 시바는 꿈과 열망으로 가득 찬 마음을 소유했습니다."

안나푸라니의 마음은 경이로움으로 부풀어 올랐다. "시바의 꿈은 무엇이었나요, 할아버지?"

바이디야나단의 눈은 기대감으로 빛났고, 그는 이야기를 더 깊이 파고들었다. "시바는 숫자 연구를 통해 우주의 신비를 풀기를 꿈꿨습니다. 그는 수비학의 깊이를 파고들어 운명의 진로를 결정할 수 있는 숨겨진 의미와 비밀을 발견하기를 갈망했습니다. 하지만 공부하는 일상 속에서 그의 꿈은 손에 잡히지 않는 것처럼 보였다."

부미나단은 이해한다는 듯 고개를 끄덕였다. "시바는 마법의 강을 발견한 적이 있나요, 할머니?"

미낙시는 고개를 끄덕였고, 그녀의 미소는 따뜻함으로 빛났다. "그렇다, 나의 친애하는 부미나탄이여. 어느 운명적인 저녁, 시바는 바이가이 강둑에 앉아 공부에 몰두하고 있을 때 강 표면에 비친 자신의 모습을 엿볼 수 있었습니다. 놀랍게도, 그의 모습은 반짝이고 변화하면서 고대의 상징에 대한 환영과 심오한 통찰을 드러냈습니다."

안나푸라니의 눈이 감탄으로 반짝였다. "대단하네요, 할머니. 시바는 꿈을 좇은 것일까?"

미낙시의 목소리에는 지혜가 가득했다. "그래, 안나푸라니. 마법의 강이 드러낸 환영에서 영감을 받은 시바는 꿈을 좇을 용기를 찾았습니다. 그는 수비학 연구에 몰두하여 고대의 지혜를 풀고 이전에는 알지 못했던 숨겨진 진실을 밝혀냈습니다."

바이디야나단이 지혜가 묻어나는 목소리로 덧붙였다. "사랑하는 여러분, 마법에 걸린 바이가이 강의 전설은 우리의 꿈과 열망을 포용하는 것의 중요성을 가르쳐 줍니다. 시바가 자신의 가장 깊은 욕망을 추구할 용기를 찾았던 것처럼, 우리도 마음의 속삭임에 귀를 기울이고 성취와 행복으로 이끄는 길을 따라가야 합니다."

그의 시선은 안나푸라니와 부미나단을 휩쓸었고, 그 시선은 따뜻함과 격려로 가득 찼다. "사랑하는 여러분, 마법의 강이 우리 각자의 내면에 존재하며 우리를 진정한 목적과 열정으로 인도한다는 것을 기억하십시오. 우리 내면의 욕망과 연결됨으로써, 우리는 의미와 기쁨으로 가득 찬 삶의 열쇠를 열 수 있습니다."

이야기의 결말이 다가오자 안나푸라니와 부미나단은 경외감과 영감에 휩싸였다. 그들의 마음은 마법에 걸린 바이가이의 강 이야기와 그 이야기가 전해 준 귀중한 교훈에 대한 감사로 부풀어 올랐습니다. 이야기를 할 때마다 그들은 자기 발견과 꿈 추구의 매혹적인 세계로 더 깊이 빠져들게 되었습니다.

그들은 잠에 빠져들면서 자신의 열망을 받아들이고 마음의 부름을 따르는 비전을 가지고 있었으며, 마법의 바이가이 강이 항상 그들의 여정을 안내해 줄 것임을 알았습니다. 그리하여 그들은 머무른 지 열아홉 번째 밤과 작별을 고하고, 그들이 전해 준 풍성한 이야기와 귀중한 교훈에 감사하며, 앞으로 펼쳐질 밤의 모험을 간절히 기대하고 있습니다.

도덕:

이 이야기의 교훈은 우리가 꿈과 열망을 받아들이고, 마음의 속삭임에 귀를 기울이고, 성취와 행복으로 이어지는 길을 따라야 한다는 것입니다. 시바가 마법의 강에서 영감을 받아 가장 깊은 욕망을 추구할 용기를 찾은 것처럼, 우리는 의미와 기쁨으로 가득 찬 삶의 열쇠를 풀기 위해 가장 깊은 욕망과 연결되어야 합니다. 바이가이의 마법의 강은 꿈을 좇을 수 있는 힘이 우리 각자의 내면에 있으며, 우리를 진정한 목적과 열정으로 인도한다는 것을 가르쳐 줍니다.

마두라이의 재스민 꽃

그들이 미틸라푸람에 머문 지 20일째 되는 날 밤, 공기는 안나푸라니와 같은 경이로움으로 가득 찼다.

부미나단은 사랑하는 조부모님이 들려주시는 또 다른 매혹적인 잠자리 이야기를 손꼽아 기다렸습니다. 방 안은 창문을 통해 들어오는 달빛의 은은한 빛으로 가득 찼고, 신비와 모험의 이야기를 불러오는 듯한 마법 같은 분위기를 자아냈습니다.

살랑살랑 불어오는 산들바람처럼 부드러운 바이디야나단의 목소리가 이야기를 엮어나가기 시작했다. "사랑하는 여러분, 오늘 밤 저는 여러분을 분주한 도시 마두라이로 데려갈 것입니다. 그곳에는 재스민 꽃이 마법 같은 향기로 뇌를 깨우고 위험으로부터 보호하는 비밀스러운 힘을 가지고 있습니다."

안나푸라니의 눈이 호기심으로 휘둥그레졌다. "재스민 꽃이에요, 할아버지? 어떻게 그럴 수 있지?"

바이디야나탄은 기대감으로 눈을 반짝이며 따뜻한 미소를 지었다. "아, 친애하는 안나푸라니여, 마두라이의 재스민 꽃은 여러 세대에 걸쳐 전해 내려온 독특한 마법을 가지고 있습니다. 그들의 달콤한 향기는 감각을 일깨우고 정신을 날카롭게 하는 힘이 있어 그 향을 들이마시는 사람들은 위험이 닥치기 전에 위험을 감지할 수 있습니다."

부미나단은 더 많은 이야기를 듣고 싶어 몸을 앞으로 숙였다. "재스민 꽃은 어떻게 그런 마법을 가지게 된 거죠, 할아버지?"

미낙시의 부드러운 목소리가 더해져 이야기의 매력을 더했다. "오래 전, 마두라이의 중심부에 라만이라는 숙련된 정원사가 살았습니다. 그는 사랑과 보살핌으로 재스민 꽃을 보살폈고, 가장 순수한 의도와 가장 깊은 존경심으로 꽃을 가꾸었습니다."

쌍둥이는 눈앞에 펼쳐지는 이야기에 이미 매료된 듯 흥분된 눈빛을 교환했다.

바이디야나탄은 재스민 꽃의 향기를 전하는 목소리로 말을 이었다. "정원에 대한 라만의 헌신은 타의 추종을 불허했고, 그 대가로 재스민 꽃은 그에게 위험을 감지하고 그 앞에 있는 사람들을 보호하는 능력이라는 마법의 선물을 주었습니다."

안나푸라니의 마음은 경이로움으로 부풀어 올랐다. "그 다음에는 무슨 일이 있었어요, 할아버지?"

바이디야나단의 눈은 흥분으로 빛나며 이야기 속으로 더 깊이 빠져들었다. "어느 날, 라만은 정원을 가꾸다가 한 무리의 여행자들이 도시를 지나가는 것을 보았습니다. 그들의 태도에서 뭔가 이상한 점이 있는 것 같았고, 라만의 감각은 설명할 수 없는 불안감으로 얼얼해졌다."

부미나단은 이해한다는 듯 고개를 끄덕였다. "재스민 꽃이 라만에게 도움이 되었나요, 할머니?"

미낙시는 고개를 끄덕였고, 그녀의 미소는 따뜻함으로 빛났다. "그렇다, 나의 친애하는 부미나탄이여. 여행자들이 라만의 정원에 가까워지자 재스민 꽃은 마법 같은 향기를 내뿜으며 라만에게 잠재적인 위험을 알렸다. 그는 재빨리 행동에 나섰고, 마을 사람들에게 경고를 보내고 그들에게 어떤 피해도 닥치지 않도록 막았다."

안나푸라니의 눈이 감탄으로 반짝였다. "놀라워요, 할머니. 라만이 재스민 꽃의 비밀을 다른 사람들과 공유했나요?"

미낙시의 목소리에는 지혜가 가득했다. "그래, 안나푸라니. 라만은 자스민 꽃의 마법을 보호가 필요한 모든 사람과 공유해야 한다고 믿었습니다. 그는 마을 사람들에게 꽃을 가꾸는 방법과 꽃의 마법 같은 향기를 활용하는 방법을 가르쳐 주었고, 그들이 자신과 사랑하는 사람들을 위험으로부터 보호할 수 있도록 했습니다."

바이디야나단이 지혜가 묻어나는 목소리로 덧붙였다. "사랑하는 여러분, 마두라이의 재스민 꽃에 대한 전설은 우리의 본능을 신뢰하고 우리 주변의 징후에 주의를 기울이는 것의 중요성을 가르쳐 줍니다. 라만이 재스민 꽃의 경고에 귀를 기울이고 지역 사회를 보호한 것처럼, 우리도 직관에 귀를 기울이고 자신과 다른 사람들을 안전하게 지키기 위해 조치를 취해야 합니다."

그의 시선은 안나푸라니와 부미나단을 휩쓸었고, 그 시선은 따뜻함과 격려로 가득 찼다. "나의 사랑하는 이들이여, 마법은 가장 예상치 못한 곳에서 발견될 수 있다는 것을 기억하십시오. 재스민 꽃의 향기든 내면의 지혜의 목소리든, 우리의 여정을 안내하는 직관의 힘을 항상 믿읍시다."

이야기의 결말이 다가오자 안나푸라니와 부미나단은 경외감과 영감에 휩싸였다. 그들의 마음은 마두라이의 재스민 꽃 이야기와 그 이야기가 전해 준 귀중한 교훈에 대한 감사로 부풀어 올랐습니다. 이야기를 할 때마다 그들은 신비와 지혜의 매혹적인 세계로 더 깊이 빠져들게 되었습니다.

잠에 빠진 그들은 자신의 본능을 믿고 자신을 둘러싼 마법을 받아들인다는 비전을 가지고 있었으며, 날이 갈수록 자신들이 더 현명하고 강해진다는 것을 알았습니다. 그리하여 그들은 머무른 지 20일째 되는 밤에 작별을 고하고, 그들이 전해 준 풍요로운 이야기와 귀중한 교훈에 감사하며, 앞으로 펼쳐질 밤들에 아직 펼쳐지지 않은 모험을 간절히 기대하고 있다.

도덕:

이 이야기의 교훈은 마법이 가장 예상치 못한 곳에서 발견될 수 있기 때문에 우리의 본능을 믿고 우리 주변의 징후에 주의를 기울여야 한다는 것입니다. 재스민 꽃의 경고에 귀를 기울이고 공동체를 지킨 라만처럼, 우리는 우리의 직관을 믿고 자신과 다른 사람들의 안전을 보장하기 위해 행동해야 합니다. 내면의 지혜에 주의를 기울일 때, 우리는 우리를 둘러싼 보이지 않는 힘으로부터 힘을 얻어 인생의 여정을 통해 자신을 보호하고 인도할 수 있는 힘을 얻게 됩니다. 그러니 내면의 마법을 받아들이고 직관의 속삭임을 신뢰하며, 그것들이 우리를 안전, 지혜, 그리고 우리 주변 세계와의 더 깊은 연결로 이끈다는 것을 알도록 합시다.

시바카시 불꽃놀이 축제의 모험

미틸라푸람에 머문 지 21일 밤, 안나푸라니와 부미나탄이 열심히 지내는 동안 흥분이 공기를 가득 채웠다

사랑하는 조부모님의 또 다른 매혹적인 잠자리 이야기를 기다렸습니다. 방 안은 촛불의 깜빡이는 불빛으로 환하게 빛나고 있었고, 벽에는 춤추는 그림자가 드리워져 마법과 모험의 이야기를 위한 무대가 펼쳐졌다.

바이디야나단의 목소리는 지저귀는 새의 지저귐처럼 감미로운 목소리로 이야기를 엮어나가기 시작했다. "사랑하는 이들이여, 오늘 밤 나는 불꽃놀이 축제가 최고로 군림하고 밤하늘을 색채와 기쁨의 폭발로 가득 채우는 활기찬 시바카시 마을로 당신을 데려갈 것입니다."

안나푸라니의 눈이 흥분으로 반짝였다. "불꽃놀이 축제요, 할아버지? 얼마나 마법 같은가!"

바이디야나탄은 기대감으로 눈을 반짝이며 따뜻한 미소를 지었다. "그렇군요, 친애하는 안나푸라니여. 불꽃놀이 축제는 하늘이 천 개의 별의 광채로 물든 캔버스가 되는 다른 어떤 것과도 비교할 수 없는 장관입니다."

부미나단은 더 많은 이야기를 듣고 싶어 몸을 앞으로 숙였다. "불꽃놀이 축제는 어떻게 해요, 할아버지?"

미낙시의 부드러운 목소리가 더해져 이야기의 매력을 더했다. "오, 나의 친애하는 부미나탄이여, 불꽃놀이 축제는 생명과 기쁨의 축제입니다.

밤하늘을 수놓는 마법 같은 폭발을 보기 위해 세계 각지에서 사람들이 모여들고, 그것을 보는 모든 사람에게 웃음과 행복을 선사합니다."

쌍둥이는 눈앞에 펼쳐지는 이야기에 이미 매료된 듯 흥분된 눈빛을 교환했다.

바이디야나탄은 축제의 흥분을 담은 목소리로 말을 이었다

. "오래 전, 시바카시의 심장부에 마야라는 어린 소녀가 살았습니다. 그녀는 평생 불꽃놀이 축제에 대한 이야기를 들어왔지만 그 마법을 직접 경험할 기회는 없었습니다."

안나푸라니의 마음은 호기심으로 부풀어 올랐다. "마야가 드디어 축제에 갔을 때 무슨 일이 있었던 거죠, 할아버지?"

바이디야나단의 눈은 흥분으로 빛나며 이야기 속으로 더 깊이 빠져들었다. "축제가 있던 날 밤, 마을 광장으로 향하는 마야의 마음은 기대감으로 들뜬 마음으로 뛰었습니다. 첫 번째 불꽃놀이가 하늘을 밝혔을 때, 그녀는 경이로움이 그녀를 감싸고 기쁨과 흥분으로 가득 차는 것을 느꼈습니다."

부미나단은 이해한다는 듯 고개를 끄덕였다. "마야가 축제에서 뭔가 특별한 걸 발견했어, 할머니?"

미낙시는 고개를 끄덕였고, 그녀의 미소는 따뜻함으로 빛났다. "그렇다, 나의 친애하는 부미나탄이여. 마야는 밤하늘을 수놓는 형형색색의 폭발을 보면서 불꽃놀이 축제의 진정한 마법은 눈부신 장식에만 있는 것이 아니라 지역 사회에 가져다준 단합과 유대감에 있다는 것을 깨달았습니다."

안나푸라니의 눈이 감탄으로 반짝였다. "아름다워요, 할머니. 마야는 축제에서 뭔가를 배웠을까?"

미낙시의 목소리에는 지혜가 가득했다. "그래, 안나푸라니. 마야는 인생이 찬란함과 경이로움의 순간으로 가득 찬 불꽃놀이와 같다는 것을 배웠습니다. 하지만 불꽃놀이처럼 이런 순간은 덧없고, 우리가 다른 사람들과 맺는 연결이야말로 인생을 진정으로 마법처럼 만드는 것입니다."

바이디야나단이 지혜가 묻어나는 목소리로 덧붙였다. "사랑하는 여러분, 시바카시의 불꽃놀이 축제 이야기는 우리에게 기쁨과 축하의 순간을 소중히 여기는 것의 중요성과 지속적인 행복을 창조하는 데 있어 공동체와 공생의 가치를 가르쳐 줍니다."

그의 시선은 안나푸라니와 부미나단을 휩쓸었고, 그 시선은 따뜻함과 격려로 가득 찼다. "사랑하는 이들이여, 인생은 축하하기 위한 것이며, 우리가 사랑하는 사람들과 공유하는 순간은 가장 소중한 불꽃놀이라는 것을 기억하십시오."

이야기의 결말이 다가오자 안나푸라니와 부미나단은 경외감과 영감에 휩싸였다. 그들의 마음은 불꽃놀이 축제의 이야기와 그것이 전해 준 귀중한 교훈에 대한 감사로 부풀어 올랐습니다. 이야기를 할 때마다 그들은 마법과 동지애의 매혹적인 세계로 더 깊이 빠져들게 되었습니다.

잠에 빠진 그들은 기쁨의 순간을 소중히 여기고 함께하는 마법을 받아들이는 비전을 가지고 있었으며, 날이 갈수록 사랑과 행복이 더 풍요로워진다는 것을 알았습니다. 그리하여 그들은 그들이 머무른 21일 밤에 작별을 고하고, 그들이 전해 준 풍요로운 이야기와 귀중한 교훈에 감사하며, 앞으로 펼쳐질 밤들에 아직 펼쳐지지 않은 모험을 간절히 기대하고 있다.

도덕:

이 이야기의 교훈은 인생이 찬란함과 경이로움의 덧없는 순간으로 가득 찬 불꽃놀이와 같다는 것입니다. 그러나 우리가 다른 사람들과 맺는 연결과 사랑하는 사람들과 공유하는 순간은 삶을 진정으로 마법처럼 만듭니다. 시바카시의 불꽃놀이 축제는 이러한 기쁨과 축하의 순간을 소중히 여기는 것의 중요성과 지속적인 행복을 창출하는 데 있어 공동체와 공생의 가치를 가르쳐 줍니다. 축제가 사람들을 단합과 기쁨으로 한데 모으는 것처럼, 우리도 다른 사람들과의 유대를 소중히 여기고 삶에서 공유하는 경험의 아름다움을 축하해야 합니다.

Chidambaram의 Nataraja 동상의 미스터리

미틸라푸람에 머문 지 22일째 되는 날, 안나푸라니와 부미나탄은 사랑하는 조부모님이 들려주시는 또 다른 매혹적인 잠자리 이야기를 기다리며 침대에 누웠고, 기대감으로 가득 찼다. 방 안은 달빛의 은은한 빛으로 물들어 마법 같은 분위기를 자아내며 또 다른 매혹적인 이야기의 무대를 마련했습니다.

살랑살랑 불어오는 산들바람처럼 부드러운 바이디야나단의 목소리가 이야기를 엮어나가기 시작했다. "사랑하는 이들이여, 오늘 밤 나는 너희를 나타라자 조각상의 신비, 창조와 파괴의 우주적 춤이 펼쳐지는 신성한 도시 치담바람으로 데려갈 것이다."

안나푸라니의 눈이 놀라움으로 휘둥그레졌다. "나타라자 동상이요, 할아버지? 무엇이 그것을 마법처럼 만드나요?"

바이디야나탄은 흥분으로 눈을 반짝이며 따뜻한 미소를 지었다. "아, 친애하는 안나푸라니여, 나타라자 조각상은 평범한 조각품이 아닙니다. 그것은 창조와 파괴의 영원한 순환을 상징하는 시바 신의 우주 춤의 본질을 구현합니다."

부미나단은 더 많은 이야기를 듣고 싶어 몸을 앞으로 숙였다. "나타라자 조각상의 수수께끼는 무엇입니까, 할아버지?"

미낙시의 부드러운 목소리가 더해져 이야기의 매력을 더했다. "오, 나의 친애하는 부미나탄이여, 신비는 조각상의 복잡한 세부 사항, 즉 우아한 포즈, 춤의 리듬, 모든 동작에 짜여진 상징주의에 있습니다."

쌍둥이는 눈앞에 펼쳐지는 이야기에 이미 매료된 듯 흥분된 눈빛을 교환했다.

바이디야나탄은 성스러운 마을의 신비로움을 담은

목소리로 말을 이었다. "오래 전, 치담바람의 심장부에 아라빈드라는 젊은 예술가가 살았습니다. 나타라자 동상의 아름다움과 장엄함에 영감을 받은 그는 조각 예술에 몰두하며 시바 신의 우주적 춤의 본질을 포착하기 위해 노력했습니다."

안나푸라니의 마음은 호기심으로 부풀어 올랐다. "아라빈드는 어떻게 된 거죠, 할아버지?"

바이디야나단의 눈은 흥분으로 빛나며 이야기 속으로 더 깊이 빠져들었다. "어느 날, 아라빈드가 자신의 걸작을 위해 지칠 줄 모르고 작업하고 있을 때, 그는 영혼이 요동치는 것을 느꼈고, 그것은 나타라자 조각상 자체의 심장에서 흘러나오는 것 같은 심오한 영감이었습니다."

부미나단은 이해한다는 듯 고개를 끄덕였다. "아라빈드는 조각상의 비밀을 알아냈나요, 할머니?"

미낙시는 고개를 끄덕였고, 그녀의 미소는 따뜻함으로 빛났다. "그렇다, 나의 친애하는 부미나탄이여. 아라빈드가 창작 과정에 자신을 맡기면서, 그는 아이디어가 마음에서 손끝으로 자연스럽게 흘러나오는 순수한 영감의 세계로 옮겨진 자신을 발견했습니다."

안나푸라니의 눈이 감탄으로 반짝였다. "대단하네요, 할머니. 아라빈드가 걸작을 완성했나?"

미낙시의 목소리에는 지혜가 가득했다. "그래, 안나푸라니.

아라빈드는 끌을 휘두를 때마다 나타라자 조각상에 생명을 불어넣었고, 자신에게 영감을 준 것과 같은 신성한 에너지를 불어넣었다. 마침내 한 걸음 물러서서 자신의 창조물에 감탄했을 때, 그는 자신이 시바 신의 우주적 춤의 본질을 포착했다는 것을 알았습니다."

바이디야나단이 지혜가 묻어나는 목소리로 덧붙였다. "사랑하는 여러분, 치담바람의 나타라자 동상 이야기는 우리를 둘러싼 세상에서 영감을 찾는 법을 가르쳐 줍니다. 아라빈드가 조각상의 마법을 이용해 걸작을 만들었던 것처럼, 우리도 우리를 둘러싼 아름다움과 경이로움에 마음과 정신을 열어야 합니다."

그의 시선은 안나푸라니와 부미나단을 휩쓸었고, 그 시선은 따뜻함과 격려로 가득 찼다. "사랑하는 여러분, 영감은 어디에나 있으며, 가장 작은 세부 사항과 가장 웅장한 풍경에서 발견되기를 기다리고 있다는 것을 기억하십시오. 우리를 둘러싼 세상에서 영감을 찾음으로써 우리는 창의적인 잠재력을 발휘하고 꿈을 실현합니다."

이야기의 결말이 다가오자 안나푸라니와 부미나단은 경외감과 영감에 휩싸였다. 그들의 마음은 치담바람의 나타라자 동상에 관한 이야기와 그것이 전해 준 귀중한 교훈에 대한 감사로 부풀어 올랐습니다. 이야기를 할 때마다 그들은 창의성과 경이로움의 매혹적인 세계로 더 깊이 빠져들게 되었습니다.

그들은 잠에 빠져 매 순간 영감을 찾는다는 비전을 가지고 있었고, 매일 새로운 날을 보내며 창의성과 상상력의 새로운 깊이를 발견할 수 있다는 것을 알았습니다. 그리하여 그들은 그들이 전해 준 풍요로운 이야기와 귀중한 교훈에 감사하면서, 앞으로 펼쳐질 밤들에 아직 펼쳐지지 않은 모험을 간절히 기대하면서, 그들이 머무른 지 22일 밤에 작별을 고한다.

도덕:

이 이야기의 교훈은 영감이 세상의 모든 순간과 구석구석에서 우리를 둘러싸고 있다는 것입니다. 아라빈드가 나타라자 조각상에서 영감을 얻어 걸작을 만들었던 것처럼, 우리도 주변의 아름다움과 경이로움을 활용하여 창의력을 발휘하고 꿈을 실현할 수 있습니다. 세상의 마법에 마음과 생각을 열면 창의적인 잠재력이 발휘되고 성장과 성취를 위한 무한한 가능성을 찾을 수 있습니다. 영감은 웅장한 몸짓에만 국한되지 않습니다. 그것은 가장 작은 세부 사항에 존재하며 우리가 그 힘을 받아들이고 특별한 것을 창조하기를 기다리고 있습니다.

시바강가이(Sivagangai)의 풍요의 냄비 이야기

그들이 미틸라푸람에 머무른 지 23일째 되는 날 밤, 방 안의 분위기는 다음과 같은 경이로움으로 가득 찼다.

안나푸라니(Annapurani)와 부미나단(Bhuminathan)은 사랑하는 조부모님이 잠자리에 들기 전에 들려주는 또 다른 매혹적인 이야기를 손꼽아 기다렸습니다. 달빛의 은은한 빛이 방을 가득 채웠고, 신비와 모험의 이야기를 불러오는 듯한 마법 같은 분위기를 연출했습니다.

바이디야나단의 목소리가 속삭이는 산들바람처럼 부드럽게 이야기를 풀어나가기 시작했다. "사랑하는 이들이여, 오늘 밤 나는 여러분을 시바강가이의 번화한 마을로 데려갈 것이며, 그곳에서는 결코 비워지지 않는 마법의 냄비 이야기가 펼쳐지며 나눔을 통한 풍요의 귀중한 교훈을 가르칠 것입니다."

안나푸라니의 눈이 호기심으로 반짝였다. "넉넉한 냄비요, 할아버지? 얼마나 매혹적인가!"

바이디야나탄은 기대감으로 눈을 반짝이며 따뜻한 미소를 지었다. "그렇군요, 친애하는 안나푸라니여. 풍요의 항아리는 수 세대에 걸쳐 시바강가이 사람들에게 풍요와 번영을 가져다준 경이로운 유물입니다."

부미나단은 더 많은 이야기를 듣고 싶어 몸을 앞으로 숙였다. "풍요의 항아리는 어떻게 작동하나요, 할아버지?"

미낙시의 부드러운 목소리가 더해지며 이야기의 매력을 더했다. "오, 나의 친애하는 부미나탄이여, 풍요의 항아리에는 절대 비어있지 않게 하는 고대의 마법이 깃들어 있습니다. 솥에서 아무리 많이 먹어도 솥은 항상 스스로 보충되어 끝없는 식량과 영양을 공급합니다."

쌍둥이는 눈앞에 펼쳐지는 이야기에 이미 매료된 듯

흥분된 눈빛을 교환했다.

바이디야나탄은 마법 항아리의 신비로움이 담긴 목소리로 말을 이었다. "오래 전, 시바강가이의 심장부에 라주라는 겸손한 농부가 살았습니다. 그는 밭을 가꾸다가 우연히 풍요의 항아리를 발견했고, 곧 그 기적적인 힘을 발견했습니다."

안나푸라니의 마음은 경이로움으로 부풀어 올랐다. "라주는 풍요의 항아리로 뭘 했어, 할아버지?"

바이디야나단의 눈은 흥분으로 빛나며 이야기 속으로 더 깊이 빠져들었다. "라주는 자신뿐만 아니라 지역 사회에도 도움이 될 수 있는 선물을 축복받았다는 것을 알았습니다. 그는 솥의 풍요로움을 이웃과 나누어 주었고, 시바강가이의 어느 누구도 굶주리지 않게 했습니다."

부미나단은 이해한다는 듯 고개를 끄덕였다. "라주가 어려움은 없었나요, 할머니?"

미낙시는 고개를 끄덕였고, 그녀의 미소는 따뜻함으로 빛났다. "그렇다, 나의 친애하는 부미나탄이여. 풍요의 항아리에 대한 소식이 퍼지자, 이웃 도시와 마을의 사람들이 그 마법의 힘을 이용하기 위해 시바강가이로 모여들기 시작했습니다."

안나푸라니의 눈이 감탄으로 반짝였다. "라주가 무슨 일을 하셨어요, 할머니?"

미낙시의 목소리에는 지혜가 가득했다. "라주는 다른 사람들을 돕고자 하는 열망과 냄비의 마법이 잘못된 사람의 손에 넘어갈지도 모른다는 두려움 사이에서 갈등하며 딜레마에 빠졌습니다. 그러나 그는 마음의 인도를 받아 우주가 항상 공급해 줄 것이라고 믿으며 솥의 풍요로움을 계속 나누어 먹었습니다."

바이디야나단이 지혜가 묻어나는 목소리로 덧붙였다. "그래서, 나의 사랑하는 여러분, 시바강가이의 풍요의 냄비 이야기는 우리에게 나눔을 통한 풍요의 중요성을 가르칩니다. 라주가 솥의 축복을 다른 사람들과 나눴던 것처럼, 우리도 삶에서 관대함과 친절을 받아들여야 합니다."

그의 시선은 안나푸라니와 부미나단을 휩쓸었고, 그 시선은 따뜻함과 격려로 가득 찼다. "사랑하는 여러분, 참된 풍요로움은 우리가 가진 것이 아니라 우리가 주는 것에 의해 측정된다는 것을 기억하십시오. 우리가 받은 축복을 다른 사람들과 나눔으로써, 우리는 모두의 삶을 풍요롭게 하는 긍정과 풍요의 파급 효과를 일으킵니다."

이야기의 결말이 다가오자 안나푸라니와 부미나단은 경외감과 영감에 휩싸였다. 그들의 마음은 시바강가이의 풍요의 항아리 이야기와 그 이야기가 전해 준 귀중한 교훈에 대한 감사로 부풀어 올랐습니다. 이야기를 할 때마다 그들은 마법과 관대함의 매혹적인 세계로 더 깊이 빠져들게 되었습니다.

그들은 잠에 빠져 다른 사람들과 풍요로움을 나누겠다는 비전을 가지고 있었으며, 주는 것이 모든 것 중에서 가장 큰 선물을 받는다는 것을 알았습니다. 그리하여 그들은 그들이 전해 준 풍요로운 이야기와 귀중한 교훈에 감사하며 머무른 지 23일 된 밤에 작별을 고하고, 앞으로 펼쳐질 밤의 모험을 간절히 기대한다.

도덕:

이 이야기의 교훈은 진정한 풍요로움은 다른 사람들과 나누는 데서 온다는 것입니다. 라주가 풍요의 항아리의 축복을 지역 사회와 나눴던 것처럼, 우리도 삶에서 관대함과 친절을 받아들여야 한다. 풍요는 우리가 소유하는 것이 아니라 우리가 주는 것에 의해 측정되며, 모든 사람에게 긍정과 풍요로움의 파급 효과를 창출합니다. 우리가 받은 축복을 나눔으로써 우리는 다른 사람들의 삶을 풍요롭게 할 뿐만 아니라 우리 자신 안에 성취감과 목적 의식을 키울 수 있습니다. 베풂을 통해 우리는 풍요와 조화의 세상을 육성하는 가장 큰 선물을 받습니다.

전설의 촐라 왕의 나가파티남의 검

미틸라푸람에 머문 지 24일 밤, 안나푸라니와 부미나탄이 정착하자 기대감이 공기를 가득 채웠다.

사랑하는 조부모님의 또 다른 매혹적인 잠자리 이야기를 간절히 기다리는 그들의 침대. 방 안은 촛불의 은은한 빛으로 가득 찼고, 모험과 용기에 대한 이야기를 불러오는 듯한 따뜻하고 매력적인 분위기를 자아냈습니다.

바이디야나단의 목소리는 지저귀는 새의 지저귐처럼

감미로운 목소리로 이야기를 엮어나가기 시작했다. "사랑하는 이들이여, 오늘 밤 나는 너희를 용기와 정의의 미덕을 상징하는 마법의 검인 촐라 왕의 검의 전설이 펼쳐지는 고대 도시 나가파티남으로 데려갈 것이다."

안나푸라니의 눈이 놀라움으로 휘둥그레졌다. "촐라 왕의 검이요, 할아버지? 얼마나 놀라운 일입니까!"

바이디야나탄은 흥분으로 눈을 반짝이며 따뜻한 미소를 지었다. "그렇군요, 친애하는 안나푸라니여. 촐라 왕의 검은 정의와 용맹을 상징하는 촐라 왕조의 전설적인 왕들이 휘두르는 힘과 정의의 상징입니다."

부미나단은 더 많은 이야기를 듣고 싶어 몸을 앞으로 숙였다. "검에는 어떤 이야기가 담겨 있나요, 할아버지?"

미낙시의 부드러운 목소리가 더해져 이야기의 매력을 더했다. "오, 친애하는 부미나단이여, 검의 영혼은 그것을 휘두른 촐라 왕의 기억과 행동을 간직하고 있다고 합니다. 듣는 모든 사람에게 용기와 명예에 대한 이야기를 속삭입니다."

쌍둥이는 눈앞에 펼쳐지는 이야기에 이미 매료된 듯 흥분된 눈빛을 교환했다.

바이디야나탄은 역사의 무게를 짊어진 목소리로 말을 이었다. "오래 전, 나가파티남의 심장부에 아르준이라는 젊은 전사가 살았습니다. 그는 마을의 고대 유적을 탐험하던 중 촐라 왕의 검을 우연히 발견했고, 곧 그 신비한 힘을 발견했습니다."

안나푸라니의 마음은 호기심으로 부풀어 올랐다. "아르준은 그 검으로 무슨 일을 한 거예요, 할아버지?"

바이디야나단의 눈은 흥분으로 빛나며 이야기 속으로 더 깊이 빠져들었다. "아르준은 검의 칼자루를 움켜쥔 순간 용기와 결단력이 솟구치는 것을 느꼈다. 그는 정의를 수호하고 약자를 보호함으로써 자신보다 앞서 간 촐라 왕들의 유산을 기리겠다고 맹세했습니다."

부미나단은 이해한다는 듯 고개를 끄덕였다. "아르준이 어려움은 없었나요, 할머니?"

미낙시는 고개를 끄덕였고, 그녀의 미소는 따뜻함으로 빛났다. "그렇다, 나의 친애하는 부미나탄이여. 아르준은 정의를 수호하기 위한 여정을 시작하면서 그의 노력을 방해하려는 많은 장애물과 적들을 만났습니다."

안나푸라니의 눈이 감탄으로 반짝였다. "아르준은 무슨 일을 하셨어요, 할머니?"

미낙시의 목소리에는 지혜가 가득했다. "아르준은 촐라 왕의 검의 영혼에서 힘을 얻어 용기와 결의로 모든 도전에 맞섰습니다. 그는 정의에 대한 헌신을 굳건히 지켰고, 검의 유산이 그 이상을 요구하지 않는다는 것을 알았습니다."

바이디야나단이 지혜가 묻어나는 목소리로 덧붙였다. "

사랑하는 여러분, 촐라 왕의 검에 얽힌 전설은 우리에게 용기와 정의의 중요성을 가르쳐 줍니다. 아르준이 역경을 극복하기 위해 검의 정신에서 영감을 얻었던 것처럼, 우리도 고난에 직면해서라도 옳은 것을 위해 일어서야 합니다."

그의 시선은 안나푸라니와 부미나단을 휩쓸었고, 그 시선은 따뜻함과 격려로 가득 찼다. "사랑하는 여러분, 용기는 두려움이 없는 것이 아니라 두려움에도 불구하고 기꺼이 행동하려는 것임을 기억하십시오. 정의를 수호하고 약자를 보호함으로써 우리는 우리보다 앞서 간 사람들의 유산을 기리고 더 밝은 미래를 위한 길을 닦습니다."

이야기의 결말이 다가오자 안나푸라니와 부미나단은 경외감과 영감에 휩싸였다. 그들의 마음은 촐라 왕의 검 이야기와 그 이야기가 전해 준 귀중한 교훈에 대한 감사로 부풀어 올랐습니다. 이야기를 할 때마다 그들은 용감함과 의로움의 매혹적인 세계로 더 깊이 빠져들게 되었습니다.

그들은 깊은 잠에 빠져 옳은 일을 수호한다는 비전을 가지고 있었으며, 용기와 결단력만 있다면 어떤 장애물도 극복할 수 있다는 것을 알았습니다. 그리하여 그들은 그들이 전해 준 풍요로운 이야기와 귀중한 교훈에 감사하면서, 그들이 머무른 24일 밤과 작별을 고하고, 앞으로 펼쳐질 밤들에 아직 펼쳐질 모험을 간절히 기대하고 있다.

도덕:

이 이야기의 교훈은 용기와 정의가 필수 불가결한 덕목이라는 것입니다. 아르준이 역경을 극복하기 위해 촐라 왕의 검에서 영감을 얻었던 것처럼, 우리는 도전에 맞서 꿋꿋이 서서 옳은 것을 수호하고, 약자를 보호해야 합니다. 용기는 두려움이 없는 것이 아니라 두려움에도 불구하고 행동할 수 있는 힘입니다. 이러한 원칙을 구현함으로써 우리는 우리보다 앞서 간 사람들의 유산을 기리고 보다 공정하고 자비로운 세상에 기여합니다. 용기와 결단력을 통해 우리는 의로움과 성실로 가득 찬 더 밝은 미래를 위한 길을 닦습니다.

발파라이의 티 에스테이트

미틸라푸람에 머문 지 25일째 되는 날, 안나푸라니와 부미나탄이 간절한 마음으로 방 안을 가득 채웠다

사랑하는 조부모님의 또 다른 매혹적인 잠자리 이야기를 기다리고 있었습니다. 달빛의 은은한 빛이 창문을 통해 스며들어 마법과 경이로움에 대한 이야기를 초대하는 고요한 분위기를 연출했습니다.

바이디야나단의 목소리가 여름 산들바람처럼 부드럽게 이야기를 풀어나가기 시작했다. "사랑하는 이들이여, 오늘 밤 나는 너희를 발파라이의 무성한 차 농장으로 데려갈 것이며, 그곳에서는 마시는 모든 사람에게 즉각적인 상쾌함과 활력을 주는 차인 마법의 차에 대한 매혹적인 이야기가 펼쳐질 것이다."

안나푸라니의 눈이 호기심으로 빛났다. "마법의 차요, 할아버지? 얼마나 특별한가!"

바이디야나탄은 기대감으로 눈을 반짝이며 따뜻한 미소를 지었다. "그렇군요, 친애하는 안나푸라니여. 발파라이 계곡에서 자란 차에는 몸과 정신을 젊어지게 하는 특별한 마법이 주입되어 있습니다."

부미나단은 더 많은 이야기를 듣고 싶어 몸을 앞으로 숙였다. "차는 어떻게 마법을 부리는 거죠, 할아버지?"

미낙시의 부드러운 목소리가 들려오며 이야기의 매력을 더했다. "오, 나의 친애하는 부미나탄이여, 발파라이의 찻잎은 가장 순수한 물에 의해 자라고 산들바람의 부드러운 감촉에 의해 축복을 받았습니다. 그들은 주변 자연의 본질을 흡수하여 차에 마법 같은 특성을 주입합니다."

쌍둥이는 눈앞에 펼쳐지는 이야기에 이미 매료된 듯 흥분된 눈빛을 교환했다.

바이디야나탄은 차 농장의 매력을 담은 목소리로 말을 이었다. "오래 전, 발파라이의 중심부에 라비라는 지친 여행자가 살았습니다. 그는 길고 힘든 항해 끝에 위안과 원기를 회복하기 위해 먼 곳까지 여행했습니다."

안나푸라니의 마음은 경이로움으로 부풀어 올랐다. "라비가 마법의 차를 만났을 때 무슨 일이 있었어요, 할아버지?"

바이디야나단의 눈은 흥분으로 빛나며 이야기 속으로 더 깊이 빠져들었다. "구불구불한 언덕 한가운데에 자리 잡은 소박한 찻집을 우연히 발견한 라비는 갓 내린 차의 향기가 멜로디처럼 공기를 가르며 춤을 추며 그를 맞이했습니다. 흥미를 느낀 그는 한 잔을 마셔보기로 결정하였다."

부미나단은 이해한다는 듯 고개를 끄덕였다. "차가 즉시 효과가 있었나요, 할머니?"

미낙시는 고개를 끄덕였고, 그녀의 미소는 따뜻함으로 빛났다. "그렇다, 나의 친애하는 부미나탄이여. 라비는 마법의 차를 처음 한 모금 마셨을 때, 활력의 파도가 밀려오는 것을 느꼈고, 에너지를 보충하고 뼛속까지 피곤함을 풀어주는 것을 느꼈습니다."

안나푸라니의 눈이 감탄으로 반짝였다. "대단하네요, 할머니. 라비는 마법의 차와의 만남에서 뭔가를 배웠을까?"

미낙시의 목소리에는 지혜가 가득했다. "그래, 안나푸라니. 차를 마신 경험을 통해 라비는 잠시 멈춰 서서 활력을 되찾고 삶의 단순한 즐거움에 감사하는 시간을 갖는 것의 중요성을 배웠습니다. 그는 삶의 분주함 속에서 때때로 영혼에 영양을 공급하고 자연의 아름다움에서 새 힘을 찾는 것을 잊어버린다는 것을 깨달았습니다."

바이디야나단이 지혜가 묻어나는 목소리로 덧붙였다. "그래서 사랑하는 여러분, 발파라이의 마법 차 이야기는 우리에게 자기 관리와 마음 챙김의 중요성을 가르쳐줍니다. 라비가 차의 마법에서 위안과 재생을 찾았던 것처럼, 우리도 삶의 여정 속에서 행복을 보살피고 활력의 순간을 찾는 것을 기억해야 합니다."

그의 시선은 안나푸라니와 부미나단을 휩쓸었고, 그 시선은 따뜻함과 격려로 가득 찼다. "사랑하는 여러분, 바쁜 삶 속에서 잠시 멈춰 서서 숨을 고르고 우리를 둘러싼 마법에 감사하는 것이 중요하다는 것을 기억하십시오."

이야기의 결말이 다가오자 안나푸라니와 부미나단은 경외감과 영감에 휩싸였다. 그들의 마음은 발파라이의 마법의 차 이야기와 그 이야기가 전해 준 귀중한 교훈에 대한 감사로 부풀어 올랐습니다. 이야기를 할 때마다 그들은 마음 챙김과 자기 관리의 매혹적인 세계로 더 깊이 빠져들게 되었습니다.

그들은 잠에 빠져들면서 인생의 단순한 즐거움에서 상쾌함을 찾는다는 비전을 가지고 있었으며, 한 모금 마실 때마다 영혼을 재충전하고 주변 세상의 마법을 받아들일 수 있다는 것을 알았습니다. 그리하여 그들은 그들이 머무른 지 25일 된 밤에 작별을 고하고, 그들이 전해 준 풍성한 이야기와 귀중한 교훈에 감사하며, 앞으로 펼쳐질 밤들에 아직 펼쳐지지 않은 모험을 간절히 기대하고 있다.

도덕:

이 이야기의 교훈은 자기 관리와 마음 챙김의 중요성을 상기시키고 삶의 번잡함 속에서 활력의 순간을 찾는 것입니다. 라비(Ravi)가 매지컬 티(Magical Tea)의 상쾌함과 재생 능력을 발견한 것처럼, 우리는 영혼을 살찌우고 우리를 둘러싼 단순한 즐거움에 감사하는 시간을 가져야 합니다. 마음 챙김과 자기 관리를 받아들임으로써 우리는 영혼을 재충전하고 인생 여정에서 위안을 찾을 수 있습니다.

첸나이 마리나 비치의 비밀

미틸라푸람에 머문 지 26일째 되는 날, 안나푸라니와 부미나탄은 잠자리에 들기 전에 들려줄 또 다른 매혹적인 이야기를 손꼽아 기다리며 흥분으로 가득 찼다

사랑하는 조부모님으로부터. 방 안은 반짝이는 요정 조명으로 장식되어 있었고, 상상력에 불을 붙이는 듯한 마법의 빛을 발하고 있었습니다.

바이디야나단의 목소리는 자장가처럼 차분한 목소리로

이야기를 풀어나가기 시작했다. "사랑하는 여러분, 오늘 밤 저는 여러분을 첸나이의 장엄한 마리나 해변으로 데려가 숨겨진 보물과 발견의 마법에 대한 이야기인 해변의 비밀이 펼쳐지는 곳으로 모험을 떠날 것입니다."

안나푸라니의 눈이 호기심으로 빛났다. "마리나 비치의 비밀이요, 할아버지? 얼마나 매혹적인가!"

바이디야나탄은 기대감으로 눈을 반짝이며 따뜻한 미소를 지었다. "그렇군요, 친애하는 안나푸라니여. 마리나 비치는 호기심 많은 정신과 열린 마음을 가진 사람들에 의해 밝혀지기를 기다리고 있는 많은 비밀을 간직하고 있습니다."

부미나단은 더 많은 이야기를 듣고 싶어 몸을 앞으로 숙였다. "무슨 보물을 찾았나요, 할아버지?"

미낙시의 부드러운 목소리가 더해져 이야기의 매력을 더했다. "오, 친애하는 부미나단, 마리나 비치는 거대한 바다에 의해 해변으로 밀려온 경이로움의 보고입니다. 조개껍데기와 다채로운 돌부터 고대 유물, 숨겨진 보석과 보석에 이르기까지 해변은 모든 사람에게 마법 같은 것을 간직하고 있습니다."

쌍둥이는 눈앞에 펼쳐지는 이야기에 이미 매료된 듯 흥분된 눈빛을 교환했다.

바이디야나탄은 해변의 매력을 담은 목소리로 말을 이었다

. "오래 전, 첸나이의 중심부에 마야와 아르준이라는 한 쌍의 남매가 살았습니다. 그들은 광활한 마리나 비치를 탐험하며 하루를 보냈고, 그들의 마음은 경이로움과 흥분으로 가득 찼습니다."

안나푸라니의 마음은 경이로움으로 부풀어 올랐다. "마야와 아르준은 뭘 발견하셨어요, 할아버지?"

바이디야나단의 눈은 흥분으로 빛나며 이야기 속으로 더 깊이 빠져들었다. "어느 날, 마야와 아르준은 해안가를 따라 방황하다가 모래 속에 반쯤 묻혀 있는 신비한 상자를 발견했습니다. 그들은 떨리는 손으로 상자를 파냈고, 그 상자가 그들의 가장 거친 꿈을 넘어서는 보물로 가득 차 있다는 것을 발견했습니다."

부미나단은 이해한다는 듯 고개를 끄덕였다. "비밀이라도 밝혀냈나요, 할머니?"

미낙시는 고개를 끄덕였고, 그녀의 미소는 따뜻함으로 빛났다. "그렇다, 나의 친애하는 부미나탄이여. 마야와 아르준은 상자의 내용물을 더 깊이 파고들면서 고대 지도, 수수께끼 같은 두루마리, 잃어버린 문명과 숨겨진 왕국에 대한 이야기를 속삭이는 마법의 유물을 발견했습니다."

안나푸라니의 눈이 감탄으로 반짝였다. "놀라워요, 할머니. 마야와 아르준은 그들이 발견한 보물에서 뭔가를 배웠을까요?"

미낙시의 목소리에는 지혜가 가득했다. "그래, 안나푸라니. 마리나 비치에서의 모험을 통해 마야와 아르준은 호기심, 인내, 발견의 마법의 중요성을 배웠습니다. 그들은 보물이 물질적 소유물일 뿐만 아니라 인생의 여정에서 수집하는 추억과 경험이기도 하다는 것을 깨달았습니다."

바이디야나단이 지혜가 묻어나는 목소리로 덧붙였다. "사랑하는 여러분, 마리나 비치의 비밀은 우리에게 탐험의 가치와 숨겨진 보물을 발견하는 것의 아름다움을 가르쳐 줍니다. 마야와 아르준이 상상을 초월하는 경이로움을 발견했던 것처럼, 우리도 호기심을 받아들이고 발견의 마법에 마음을 열어야 합니다."

그의 시선은 안나푸라니와 부미나단을 휩쓸었고, 그 시선은 따뜻함과 격려로 가득 찼다. "사랑하는 여러분, 인생은 탐험을 기다리는 모험이라는 것을 기억하십시오. 호기심과 경이로움을 가지고 하루하루를 임함으로써 우리는 우리 앞에 놓인 무한한 가능성에 마음을 열게 됩니다."

이야기의 결말이 다가오자 안나푸라니와 부미나단은 경외감과 영감에 휩싸였다. 그들의 마음은 마리나 비치의 비밀 이야기와 그것이 전해 준 귀중한 교훈에 대한 감사로 부풀어 올랐습니다. 이야기를 할 때마다 그들은 탐험과 발견의 매혹적인 세계로 더 깊이 빠져들게 되었습니다.

그들은 잠에 빠져들면서 호기심을 품고 숨겨진 보물을 발견하는 비전을 가지고 있었으며, 새로운 발견을 할 때마다 끝없는 경이로움과 가능성의 여정을 시작했다는 것을 알았습니다. 그리하여 그들은 그들이 전해 준 풍요로운 이야기와 귀중한 교훈에 감사하면서 머무른 지 26일 된 밤에 작별을 고하고, 앞으로 펼쳐질 밤들에 대한 모험을 간절히 기대하고 있다.

도덕:

이 이야기의 교훈은 인생은 탐험을 기다리는 모험이며, 호기심과 경이로움으로 매일 접근함으로써 우리는 무한한 가능성에 자신을 열게 된다는 것입니다. 마야와 아르준이 마리나 비치에서 숨겨진 보물을 발견한 것처럼 우리도 호기심, 인내, 발견의 마법을 받아들여야 합니다. 보물은 물질적 소유물일 뿐만 아니라 우리가 인생의 여정에서 수집하는 추억과 경험이기도 합니다. 탐험을 통해 우리는 귀중한 교훈을 배우고, 숨겨진 진실을 밝혀내고, 발견의 아름다움으로 우리의 삶을 풍요롭게 하며, 세상이 탐험을 기다리고 있는 경이로움으로 가득 차 있음을 상기시킵니다.

Pollachi의 달콤한 재거

미틸라푸람에 머문 지 27일째 되는 날, 안나푸라니와 부미나탄은 다음에서 또 다른 매혹적인 잠자리 이야기를 듣기 위해 자리를 잡으면서 흥분으로 가득 찼습니다.

그들의 사랑하는 조부모님. 방 안은 달빛의 은은한 빛으로 환하게 밝혀져 경이로움과 발견의 이야기를 초대하는 듯한 마법 같은 분위기를 자아냈습니다.

바이디야나단의 목소리가 여름 산들바람처럼 부드럽게

이야기를 풀어나가기 시작했다. "사랑하는 이들이여, 오늘 밤, 나는 너희를 폴라치의 고풍스러운 마을로 데려갈 것이며, 그곳에서는 마법과 맛의 힘에 대한 이야기인 달콤한 재거(Sweet Jaggery)의 이야기가 펼쳐질 것이다."

안나푸라니의 눈이 호기심으로 반짝였다. "달콤한 재거요, 할아버지? 얼마나 흥미로운가!"

바이디야나탄은 기대감으로 눈을 반짝이며 따뜻한 미소를 지었다. "그렇군요, 친애하는 안나푸라니여. Pollachi의 Sweet Jaggery는 평범한 간식이 아닙니다. 그것은 닿는 모든 것의 맛을 향상시키는 마법 같은 능력을 가지고 있으며, 그것을 맛보는 사람들의 마음을 기쁨과 경이로움으로 가득 채웁니다."

부미나단은 더 많은 이야기를 듣고 싶어 몸을 앞으로 숙였다. "달콤한 재거는 어떻게 작동하나요, 할아버지?"

미낙시의 부드러운 목소리가 더해져 이야기의 매력을 더했다. "오, 친애하는 부미나단, 스위트 재거의 마법은 순수한 단맛에 있으며, 가장 단순한 맛조차도 새로운 기쁨의 경지로 끌어올리는 힘을 가지고 있습니다."

쌍둥이는 눈앞에 펼쳐지는 이야기에 이미 매료된 듯 흥분된 눈빛을 교환했다.

바이디야나탄은 폴라치의 매력이 묻어나는 목소리로 말을 이었다. "오래 전, 폴라치의 심장부에는 라메쉬라는 친절한 상인이 살았습니다. 그는 마을을 둘러싼 울창한 숲을 탐험하던 중 Sweet Jaggery를 우연히 발견했고, 곧 그 마법적인 특성을 발견했습니다."

안나푸라니의 마음은 경이로움으로 부풀어 올랐다. "라메쉬는 달콤한 재거로 뭘 했어, 할아버지?"

바이디야나단의 눈은 흥분으로 빛나며 이야기 속으로 더 깊이 빠져들었다. "라메쉬는 자신이 그 선물을 맛보는 모든 사람에게 행복을 가져다줄 수 있는 선물을 축복받았다는 것을 깨달았습니다. 그는 폴라치 사람들에게 달콤한 재거를 나누기 시작했고, 그가 가는 곳마다 기쁨과 즐거움을 퍼뜨렸습니다."

부미나단은 이해한다는 듯 고개를 끄덕였다. "라메쉬는 어려웠나요, 할머니?"

미낙시는 고개를 끄덕였고, 그녀의 미소는 따뜻함으로 빛났다. "그렇다, 나의 친애하는 부미나탄이여. Sweet Jaggery에 대한 소식이 퍼지면서 세계 각지에서 사람들이 그 마법 같은 달콤함을 직접 맛보기 위해 Pollachi로 모여들기 시작했습니다."

안나푸라니의 눈이 감탄으로 반짝였다. "라메쉬는 무슨 일을 하셨어요, 할머니?"

미낙시의 목소리에는 지혜가 가득했다. "Ramesh는 Sweet Jaggery를 다른 사람들과 공유하려는 열망과 잘못된 사람의 손에 들어가는 것에 대한 두려움 사이에서 갈등하는 딜레마에 직면했습니다. 그러나 그는 마음의 인도를 받아 기쁨과 행복을 계속 전파했으며, 달콤한 재거의 마법이 그것을 맛보는 사람들에게 항상 좋은 것을 가져다 줄 것이라고 믿었습니다."

바이디야나단이 지혜가 묻어나는 목소리로 덧붙였다. "그래서 사랑하는 여러분, 달콤한 재거 이야기는 우리에게 기쁨과 달콤함을 다른 사람들과 나누는 것의 중요성을 가르쳐 줍니다. 라메쉬가 폴라치 사람들과 달콤한 재거의 마법을 공유한 것처럼, 우리도 어디를 가든 행복과 친절을 전파해야 합니다."

그의 시선은 안나푸라니와 부미나단을 휩쓸었고, 그 시선은 따뜻함과 격려로 가득 찼다. "나의 사랑하는 이들이여, 진정한 마술은 힘의 소유에 있는 것이 아니라 다른 사람들에게 기쁨과 행복을 가져다주는 능력에 있다는 것을 기억하십시오. 마음의 달콤함을 나눔으로써 우리는 사랑과 경이로움으로 가득 찬 세상을 만듭니다."

이야기의 결말이 다가오자 안나푸라니와 부미나단은 경외감과 영감에 휩싸였다. 그들의 마음은 달콤한 재거 이야기와 그 이야기가 전해 준 귀중한 교훈에 대한 감사로 부풀어 올랐습니다. 이야기를 할 때마다 그들은 마법과 친절의 매혹적인 세계로 더 깊이 빠져들게 되었습니다.

그들은 잠에 빠져들면서 기쁨과 감미로움을 퍼뜨리겠다는 비전을 가지고 있었으며, 친절한 행동을 할 때마다 세상을 더 밝고 아름다운 곳으로 만들 수 있다는 것을 알았습니다. 그리하여 그들은 그들이 머무른 스물일곱 번째 밤과 작별을 고하고, 그들이 전해 준 풍성한 이야기와 귀중한 교훈에 감사하며, 앞으로 펼쳐질 밤들에 아직 펼쳐지지 않은 모험을 간절히 기대하고 있다.

도덕:

이 이야기의 교훈은 진정한 마법은 다른 사람들에게 기쁨과 행복을 가져다주는 능력에 있다는 것입니다. 라메쉬가 폴라치 사람들과 마법 같은 달콤한 재거를 나눴던 것처럼, 우리도 어디를 가든 행복과 친절을 퍼뜨려야 합니다. 마음의 달콤함을 나눔으로써 우리는 사랑과 경이로움으로 가득 찬 세상을 만듭니다. 진정한 성취감은 권력이나 보물을 소유하는 것이 아니라 다른 사람들의 삶을 풍요롭게 하고 세상을 더 밝은 곳으로 만드는 데서 옵니다. 친절과 관대함의 행위를 통해 우리는 가장 강력한 마법, 즉 사랑과 연민의 마법을 풀 수 있습니다.

예르카우드의 마법에 걸린 정원

미틸라푸람에 머문 지 28일째 되는 날, 안나푸라니와 부미나단은 잠자리에 들기 전에 들려줄 또 다른 매혹적인 이야기를 손꼽아 기다리며 기대감으로 가득 찼다

사랑하는 조부모님으로부터. 방 안은 반딧불이의 은은한 빛으로 환하게 밝혀져 경이로움과 마법의 이야기를 불러오는 듯한 마법 같은 분위기를 자아냈습니다.

바이디야나단의 목소리가 속삭이는 산들바람처럼 부드럽게 이야기를 풀어나가기 시작했다. "사랑하는 이들이여, 오늘 밤 나는 너희를 마법의 정원에 대한 이야기가 펼쳐지는 신비로운 마을 예르카우로 데려갈 것이다.

안나푸라니의 눈이 호기심으로 빛났다. "마법의 정원이요, 할아버지? 얼마나 매혹적인가!"

바이디야나탄은 기대감으로 눈을 반짝이며 따뜻한 미소를 지었다. "그렇군요, 친애하는 안나푸라니여. 예르카우드의 마법에 걸린 정원은 마법과 경이로움의 장소로, 자연의 아름다움과 이곳을 고향이라고 부르는 식물의 이야기가 어우러져 있습니다."

부미나단은 더 많은 이야기를 듣고 싶어 몸을 앞으로 숙였다. "식물은 어떤 이야기를 들려주는 거예요, 할아버지?"

미낙시의 부드러운 목소리가 더해져 이야기의 매력을 더했다. "오, 친애하는 부미나단이여, 마법의 정원에 있는 각 식물은 회복력, 성장, 생명의 경이로움에 대한 독특한 이야기를 가지고 있습니다."

쌍둥이는 눈앞에 펼쳐지는 이야기에 이미 매료된 듯 흥분된 눈빛을 교환했다.

바이디야나탄은 예르코의 마법적인 매력이 깃든 목소리로

말을 이었다. "오래 전, 예르카우드의 중심부에 카말이라는 지혜로운 정원사가 살았습니다. 그는 사랑과 보살핌으로 마법의 정원을 가꾸었고, 식물 한 그루를 소중한 보물처럼 보살폈습니다."

안나푸라니의 마음은 경이로움으로 부풀어 올랐다. "카말은 마법의 정원에서 무엇을 발견하셨나요, 할아버지?"

바이디야나단의 눈은 흥분으로 빛나며 이야기 속으로 더 깊이 빠져들었다. "카말은 곧 정원에 있는 식물들이 평범한 식물이 아니라 이야기를 들려주는 살아 있는 존재라는 것을 깨달았습니다. 그는 햇빛을 받기 위해 안간힘을 쓰는 작은 묘목에서부터 당당하게 서 있는 장엄한 나무에 이르기까지 각 식물이 자라는 이야기를 들려주는 것을 주의 깊게 들었습니다."

부미나단은 이해한다는 듯 고개를 끄덕였다. "카말은 식물에서 배운 게 있나요, 할머니?"

미낙시는 고개를 끄덕였고, 그녀의 미소는 따뜻함으로 빛났다. "그렇다, 나의 친애하는 부미나탄이여. 카말은 식물들의 이야기를 들으면서 모든 생명의 상호 연결성과 아무리 작은 생명체라도 모든 생명체를 보살피는 것의 중요성에 대한 귀중한 교훈을 배웠습니다."

안나푸라니의 눈이 감탄으로 반짝였다. "아름다워요, 할머니. 그 다음에는 무슨 일이 있었나요?"

미낙시의 목소리에는 지혜가 가득했다. "식물의 지혜에서 영감을 받은 카말은 마법의 정원을 가꾸는 데 헌신하여 생명과 활력으로 번성할 수 있도록 했습니다. 그는 모든 형태의 생명을 보살핌으로써 자신을 둘러싼 세계의 조화와 균형에 기여하고 있다는 것을 이해했습니다."

바이디야나단이 지혜가 묻어나는 목소리로 덧붙였다. "그래서, 사랑하는 여러분, 마법의 정원 이야기는 우리에게 모든 형태의 생명을 보살피는 것의 중요성을 가르쳐 줍니다. 카말이 정원의 식물을 돌본 것처럼, 우리도 우리를 지탱해 주는 자연 세계를 소중히 여기고 보호해야 합니다."

그의 시선은 안나푸라니와 부미나단을 휩쓸었고, 그 시선은 따뜻함과 격려로 가득 찼다. "사랑하는 여러분, 모든 생명체는 저마다의 이야기를 가지고 있으며, 연민과 보살핌으로 귀를 기울이는 것이 우리의 의무임을 기억하십시오. 모든 형태의 생명을 보살핌으로써 우리는 우리 주변 세계의 아름다움과 경이로움에 기여합니다."

이야기의 결말이 다가오자 안나푸라니와 부미나단은 경외감과 영감에 휩싸였다. 그들의 마음은 마법의 정원에 관한 이야기와 그 정원이 전해 준 귀중한 교훈에 대한 감사로 부풀어 올랐습니다. 이야기를 할 때마다 그들은 자연과 지혜의 매혹적인 세계로 더 깊이 빠져들게 되었습니다. 그들은 잠에 빠져들면서 모든 형태의 생명을 보살피겠다는 비전을 가지고 있었으며, 그렇게 함으로써 자신들이 복잡한 생명의 태피스트리에서 한 몫을 한다는 것을 알았습니다. 그리하여 그들은 머무른 지 28일 된 밤에 작별을 고하고, 그들이 전해 준 풍성한 이야기와 귀중한 교훈에 감사하며, 앞으로 펼쳐질 밤들에 펼쳐질 모험을 간절히 기대하고 있다.

도덕:

이 이야기의 교훈은 우리가 모든 형태의 생명을 보살펴야 한다는 것입니다. 카말이 예르카우드의 마법에 걸린 정원에서 식물을 돌본 것처럼, 우리도 우리를 지탱해 주는 자연 세계를 소중히 여기고 보호해야 합니다. 모든 생명체는 저마다의 사연을 가지고 있으며, 연민과 배려로 귀를 기울이는 것이 우리의 의무입니다. 식물, 동물, 환경 등 생명을 보살핌으로써 우리는 우리를 둘러싼 세계의 조화와 균형에 기여하고 그 과정에서 우리 자신의 삶을 풍요롭게 합니다.

다누시코디의 기적 이야기

미틸라푸람에 머문 지 29일째 되는 날 밤, 안나푸라니와 부미나탄은 침대에 누워 또 다른 매혹적인 순간을 맞이할 준비를 하면서 기대감으로 가득 찼다

사랑하는 조부모님의 잠자리 이야기. 창문을 통해 들어오는 별빛의 은은한 빛으로 방을 환하게 비춰 경이로움과 마법의 이야기를 들려주는 듯한 고요한

분위기를 연출했습니다.

나이팅게일의 노래처럼 감미로운 바이디야나단의 목소리가 이야기를 엮어나가기 시작했다. "사랑하는 여러분, 오늘 밤 저는 여러분을 다누시코디의 신비로운 해안으로 데리고 갈 것입니다. 그곳에는 신앙과 기도의 힘에 대한 이야기인 다누쉬코디의 기적 이야기가 펼쳐집니다."

안나푸라니의 눈이 호기심으로 휘둥그레졌다. "다누시코디의 기적 이야기요, 할아버지? 얼마나 흥미로운가!"

바이디야나탄은 기대감으로 눈을 반짝이며 따뜻한 미소를 지었다. "그렇군요, 친애하는 안나푸라니여. 다누시코디의 기적 이야기는 역경에 직면했을 때 흔들리지 않는 신앙과 믿음의 힘에 대한 증거입니다."

부미나단은 더 많은 이야기를 듣고 싶어 몸을 앞으로 숙였다. "다누시코디에서 무슨 일이 있었어요, 할아버지?"

미낙시의 부드러운 목소리가 더해져 이야기의 매력을 더했다. "오, 나의 친애하는 부미나단, 다누쉬코디는 신비와 마법으로 가득 찬 땅으로, 자연과 영성의 힘이 경이로운 방식으로 얽혀 있습니다."

쌍둥이는 눈앞에 펼쳐지는 이야기에 이미 매료된 듯 흥분된 눈빛을 교환했다.

바이디야나탄은 기적 같은 이야기의 무게를 짊어진 목소리로 말을 이었다. "오래 전, 다누시코디의 심장부에 라주라는 겸손한 어부가 살았습니다. 그는 바다의 여신에 대한 확고한 믿음과 헌신으로 마을 전체에 알려져 있었으며, 그는 바다의 여신이 어부들을 위험으로부터 보호한다고 믿었습니다."

안나푸라니의 마음은 경이로움으로 부풀어 올랐다. "라주는 어떻게 됐어요, 할아버지?"

바이디야나단의 눈은 흥분으로 빛나며 이야기 속으로 더 깊이 빠져들었다. "폭풍우가 몰아치던 어느 날 밤, 라주와 그의 동료 어부들은 바다로 나갔을 때, 이제껏 본 적 없는 맹렬한 폭풍우에 휩싸였습니다. 파도가 마치 우뚝 솟은 거인처럼 솟아올라 그들의 작은 배를 통째로 삼켜버릴 것 같았다."

부미나단은 이해한다는 듯 고개를 끄덕였다. "라주가 기도해서 도와 달라고 했어, 할머니?"

미낙시는 고개를 끄덕였고, 그녀의 미소는 따뜻함으로 빛났다. "그렇다, 나의 친애하는 부미나탄이여. 폭풍의 분노가 그들을 덮치자 라주는 눈을 감고 바다의 여신에게 간절한 기도를 올리며 그녀의 보호와 인도를 간청했다."

안나푸라니의 눈이 감탄으로 반짝였다. "그 다음에는 무슨 일이 있었어요, 할머니?"

미낙시의 목소리에는 경외심이 가득 담겨 있었다. "기적적으로 라주의 기도가 거센 파도에 울려 퍼지자 폭풍이 잦아들기 시작했고 바다는 다시 잔잔해졌다. 어부들은 거센 폭풍우가 잔잔한 바다로 바뀌어 무사히 해안으로 돌아오는 것을 보고 깜짝 놀랐습니다."

바이디야나단이 지혜가 묻어나는 목소리로 덧붙였다. "사랑하는 여러분, 다누시코디의 기적 이야기는 신앙이 산을 옮길 수 있다는 심오한 교훈을 가르쳐 줍니다. 바다의 여신에 대한 라주의 확고한 믿음이 그와 그의 동료 어부들을 어떤 위험에서 구해준 것처럼, 더 높은 힘에 대한 우리의 믿음과 신뢰는 인생의 가장 큰 도전을 헤쳐 나가도록 우리를 인도할 수 있습니다."

그의 시선은 안나푸라니와 부미나단을 휩쓸었고, 그 시선은 따뜻함과 격려로 가득 찼다. "사랑하는 여러분, 가장 어두운 시기에도 우리의 신앙은 안전과 구원의 길을 밝혀 주는 희망의 등불이 될 수 있음을 기억하십시오."

한 마디 한 마디 할 때마다 그의 눈은 흔들리지 않는 믿음으로 빛났고, 그 눈에는 힘과 회복력이 불어넣어졌다. "불확실성과 역경의 순간에도 우리를 닻을 내리고 내면의 무한한 힘을 상기시켜주는 것은 우리의 신앙입니다."

이야기의 결말이 다가오자 안나푸라니와 부미나단은 경외감과 영감에 휩싸였다. 그들의 마음은 다누시코디의 기적 이야기와 그 이야기가 전해 준 귀중한 교훈에 대한 감사로 부풀어 올랐습니다. 이야기를 할 때마다 그들은 신앙과 믿음의 매혹적인 세계로 더 깊이 빠져들게 되었습니다. 그들은 깊은 잠에 빠져 있으면서도 흔들리지 않는 신앙의 비전을 지니고 있었으며, 마음속에 대한 신뢰가 있다면 삶이 그들에게 몰아치는 어떤 폭풍우도 극복할 수 있다는 것을 알았습니다. 그리하여 그들은 머무른 지 29일 된 밤에 작별을 고하고, 그들이 전해 준 풍성한 이야기와 귀중한 교훈에 감사하며, 앞으로 펼쳐질 밤들에 펼쳐질 모험을 간절히 기대하고 있다.

도덕:

이 이야기의 교훈은 신앙이 산을 옮길 수 있다는 것입니다. 바다의 여신에 대한 라주의 확고한 믿음이 그와 동료 어부들을 사나운 폭풍으로부터 구해준 것처럼, 우리의 신앙도 인생의 가장 큰 도전을 헤쳐 나가도록 우리를 인도할 수 있습니다. 아무리 암울한 시기에도 우리의 신앙은 안전과 구원의 길을 밝혀 주는 희망의 등불이 됩니다. 그것은 우리 마음에 대한 신뢰가 있다면 어떤 장애물도 극복하고 반대편에서 더 강하고 현명해질 수 있다는 것을 상기시켜 줍니다.

Alanganallur의 마법 황소

미틸라푸람에 머문 지 30일째 되는 날 밤, 안나푸라니와 부미나탄이 결승전을 손꼽아 기다리며 분위기는 기대감으로 가득 찼습니다

사랑하는 조부모님의 잠자리 이야기. 방 안은 깜빡이는 촛불에서 나오는 은은한 황금빛 빛으로 목욕을 하며 따뜻하고 평온한 분위기를 자아냈습니다.

바이디야나단의 목소리가 밤을 가르는 부드러운 바람 같았고, 이야기가 빙글빙글 돌기 시작했다. "사랑하는 여러분, 오늘 밤 저는 용기, 변화, 믿음의 힘에 대한 이야기인 알랑가날뤼르의 마법 황소의 전설을 여러분과 나눌 것입니다."

안나푸라니의 눈이 호기심으로 반짝였다. "알랑가날뤼르의 마법 황소요, 할아버지? 얼마나 특별한가!"

바이디야나탄은 따뜻한 미소를 지었고, 그의 눈은 흥분으로 빛났다. "그렇군요, 친애하는 안나푸라니여. Alanganallur의 황소는 평범한 생물이 아닙니다. 전설에 따르면 이 뱀은 조각상에서 살아 숨 쉬는 황소로 변신할 수 있는 능력을 가지고 있었으며, 어떤 위협으로부터도 고향을 지킬 준비가 되어 있었다고 합니다."

부미나단은 한 마디 한 마디에 매달리며 열심히 몸을 기울였다. "무슨 일이에요, 할아버지? 황소가 정말 살아난 것일까?"

미낙시의 부드러운 목소리가 들려오며 이야기의 매력을 더했다. "오, 나의 친애하는 부미나탄이여, 알랑가날루르의 황소는 위험에 직면할 때마다 마을 사람들의 변함없는 믿음과 헌신에 의해 소환된 수호신이었습니다."

쌍둥이는 눈앞에 펼쳐지는 이야기에 이미 매료된 듯 흥분된 눈빛을 교환했다.

바이디야나탄은 전설적인 황소의 영혼이 가득한 목소리로 말을 이었다. "오래 전, 알랑가날뤼르(Alanganallur) 마을에 카르틱(Karthik)이라는 젊은 목동이 살았습니다. 그는 보살핌과 부지런함으로 양 떼를 돌보았으며, 인간과 짐승 사이의 신성한 유대를 항상 염두에 두었다."

안나푸라니의 마음은 경이로움으로 부풀어 올랐다. "카르틱은 어떻게 된 거죠, 할아버지?"

바이디야나단의 눈은 흥분으로 빛나며 이야기 속으로 더 깊이 빠져들었다. "어느 운명적인 날, 마을은 약탈과 약탈을 일삼는 약탈자 무리의 공격을 받았습니다. 마을 사람들은 적군이 다가오자 두려움에 떨었고, 마음은 절망으로 무거워졌다."

부미나단은 이해한다는 듯 고개를 끄덕였다. "마을 사람들이 황소에게 도움을 청했나요, 할머니?"

미낙시는 고개를 끄덕였고, 그녀의 미소는 따뜻함으로 빛났다. "그렇다, 나의 친애하는 부미나탄이여. 가장 암울한 시간에 마을 사람들은 알랑가날루르의 황소 동상을 향해 절망과 희망의 기도를 드렸습니다."

안나푸라니의 눈이 감탄으로 반짝였다. "그 다음에는 무슨 일이 있었어요, 할머니?"

미낙시의 목소리에는 지혜가 가득했다. 기도가 마을에 울려 퍼지자 기적적인 변화가 일어났습니다. 황소의 석상은 반짝이며 빛나며 신성한 에너지의 폭발로 생명을 불어넣었습니다."

바이디야나탄이 경외심으로 가득 찬 목소리로 덧붙였다. "

그리하여 나의 사랑하는 이들이여, Alanganallur의 황소는 전투에 뛰어들었고, 그 강력한 형태는 적의 심장에 두려움을 불러일으켰습니다. 우레와 같은 말발굽 소리가 날 때마다 침략자들을 몰아내고 마을과 주민들을 위험으로부터 보호해 주었습니다."

그의 시선은 자부심과 경외심으로 가득 찬 안나푸라니와 부미나단을 휩쓸었다. "나의 사랑하는 이들이여, 알랑가날뤼르의 황소의 전설은 우리에게 신앙의 힘과 그 안에 있는 힘을 가르쳐 준다는 것을 기억하십시오. 마을 사람들이 황소의 수호신을 믿었던 것처럼, 우리도 우리 자신에 대한 믿음과 우리를 인도하고 보호하는 보이지 않는 힘에 대한 믿음을 가져야 합니다."

그는 잠시 말을 멈추고 자신의 말이 가라앉을 때까지 기다렸다가 "불확실성과 역경의 시기에 우리를 인도하는 빛은 우리의 신앙이 되어 우리를 가장 어두운 길로 인도합니다. 우리의 능력에 대한 변함없는 신뢰와 우주의 선함에 대한 믿음은 우리가 도전에 정면으로 맞서고 승리할 수 있는 힘을 줍니다."

이야기의 결말이 다가오자 안나푸라니와 부미나단은 경이로움과 경외감에 휩싸였다. 그들의 마음은 조부모가 들려준 마법과 용기에 관한 이야기에 대한 감사로 부풀어 올랐습니다. 각각의 이야기를 통해 그들은 상상력과 발견의 여정을 시작했고, 믿음의 힘과 인간 정신의 승리에 대한 귀중한 교훈을 배웠습니다. 그들은 오랜 세월 동안 쌓아온 지혜를 간직한 채, 신앙을 굳게 지키는 한 어떤 장애물도 극복할 수 있고 앞에 놓인 어떤 도전도 헤쳐 나갈 수 있다는 것을 알았습니다. 그리하여 그들은 머무는 지 30일째 되는 날 밤에 작별을 고하고, 그들의 마음을 가득 채운 매혹적인 이야기와 사랑에 감사한다.

도덕:

Alanganallur의 황소 이야기의 교훈은 신앙에는 역경을 승리로 바꾸는 힘이 있다는 것입니다. 황소의 수호신에 대한 마을 사람들의 확고한 믿음이 그들의 집을 지키기 위해 황소를 소환한 것처럼, 우리의 신앙도 가장 어두운 시기를 헤쳐 나가도록 우리를 인도할 수 있습니다. 그것은 우리 내면의 힘과 우리를 둘러싼 보이지 않는 힘을 신뢰하는 법을 가르쳐 우리가 도전을 극복하고 승리할 수 있게 해줍니다. 우리 자신에 대한 신앙과 믿음을 키움으로써, 우리는 장애물을 극복하고 용기와 회복력으로 인생의 시련에 직면할 수 있는 힘을 활용하며, 우리의 여정에서 결코 혼자가 아니라는 것을 알게 됩니다.

후기

새벽이 미틸라푸람에 밝아오자 안나푸라니와 부미나탄은 조부모님께 작별을 고했다.

Vaidyanathan과 Meenakshi, 그리고 그들의 임시 거주지가 된 고풍스러운 마을. 감사로 가득 찬 마음과 지혜로 풍요로워진 정신으로, 그들은 지난 30일 동안 수집한 이야기와 인생의 교훈이 담긴 보물창고를 짊어지고 고향으로 돌아가는 여행을 시작했습니다.

수 마일을 뒤로 뻗어 나가면서, 안나푸라니와 부미나탄은 자신들이 들었던 셀 수 없이 많은 이야기들을 떠올렸고, 그 이야기들은 모두 타밀나두의 풍부한 문화와 유산의 태피스트리를 비추는 귀중한 보석이었다. 예르코(Yercaud)의 마법 같은 숲에서 첸나이의 번화한 거리에 이르기까지, 마법 같은 차 농장인 발파라이(Valparai)에서 마리나 비치(Marina Beach)의 고요한 해안에 이르기까지, 그들은 조부모님의 온화한 지혜에 이끌려 이 땅의 종횡구를 횡단했습니다.

이야기를 할 때마다 그들은 용기, 친절, 인내, 신앙의 힘에 대한 귀중한 교훈을 배웠다. 그들은 나눔의 중요성, 탐험의 아름다움, 인간 정신의 회복력을 발견했습니다. 그리고 무엇보다도, 그들은 그들의 뿌리에 대해 더 깊이 이해하게 되었고, 그들이 상상하지 못했던 방식으로 타밀 나두 유산과 연결되었습니다.

마침내 집에 도착했을 때, 안나푸라니와 부미나단은 마법 같은 여행의 추억뿐만 아니라 새롭게 발견한 목적 의식과 관점을 지니고 있었습니다. 그들은 자신들이 배운 교훈이 영원히 기억에 남을 것이며, 인생 여정의 굴곡 속에서 자신들을 인도해 줄 것임을 알았습니다.

비록 미틸라푸람에서의 시간은 끝났지만, 조부모와 손자 사이에 형성된 유대감과 별이 빛나는 밤의 캐노피 아래에서 공유한 추억은 그들의 마음에 영원히 새겨질 것입니다. 집의 문턱을 들어서면서, 안나푸라니와 부미나단은 자신들이 떠날 때와 같지 않다는 것을 알았다. 그들은 더 현명하고, 더 강했으며, 영원히 그들의 집이 될 땅에 대한 영원한 사랑으로 가득 차 있었습니다.

스토리텔링의 보편적인 언어를 통해 타밀나두의 문화 이야기는 긍정의 정원으로 피어나 전 세계 구석구석에 향기를 퍼뜨립니다.

작성자 정보

Sridevi KJ Sharmirajan으로도 알려진 Sridevi Soundiraraja n 박사는 인도 타밀 나두 출신의 저명한 작가입니다. 아마존 베스트셀러 작가로 성공하고 100개에 가까운 국내외 문학상을 수상한 것으로 유명한 그녀는 전자 및 통신 공학 BE, MBA, 인간 우수 요가 석사, 요가 행동 치료 디플로마, 서지 요법, 문학 및 정신 건강 인증을 포함한 뛰어난 학업 배경을 자랑합니다.

그녀는 아이코닉 피스 어워드 위원회(Iconic Peace Award Council)에서 문학 부문 명예 박사 학위를, DRDC 글로벌(DRDC Global)에서 문학 부문 명예 금메달을 수상하는 등 수많은 상을 수상했습니다. 최근에는 권위 있는 라빈드라나트 타고르 문학상, 국제 LSH 상, 아이코닉 나리

삼만 푸라스카르, 바라티야 바누시마 푸라스카르, 국제 칼람 상, 아이코닉 아쇼카 상, 국제 이키가이 상, 국제 와비 사비 문학상을 수상했다.

그녀의 팟캐스트 "Spread Positive Infinity with Author Sridevi"는 Apple 팟캐스트의 새롭고 주목할 만한 카테고리에 소개되었다. 인플루언서 북 오브 월드 레코드(Influencer Book of World Records)와 2023년 바라트 레코드 북(Bharat Record Book 2023)의 "2023년 포지티브 인피니티의 저자이자 상징적인 팟캐스터"로 선정되는 등 해트트릭 세계 기록을 세웠습니다. 또한 WORLD'S GREATEST RECORDS의 World's Great Deeds Award와 JJ CROWNS의 "팟캐스트 및 글쓰기" 부문에서 Splendid Book of Records Award - 2024를 수상했습니다.

또한, 그녀는 The Momma Clan의 최우수 다작 작가에게 수여하는 Iconic Clan Award 2023-2024, Femmetimes Magazine의 여성 작가 및 유튜버, SheSplash의 최우수 신진 작가, 팟캐스터 및 유튜버 부문에서 2023년 올해의 성공의 여왕, MTTV India의 2024년 글로벌 여성 작가 및 인플루언서 부문에서 International Women Icon 2024 Award for International YouTube R 및 Global Legends Award 2024를 수상했습니다. 2024년 골든 글로브 오스카상 JJ CROWNS의 작가, 팟캐스터, 유튜버 부문과 BlueStar Publications의 작가, 팟캐스터, 유튜버 부문의 혁신 우수상.

이것은 그녀의 놀라운 업적과 영향력을 기념하는 많은 상 중 일부에 불과합니다.

그녀는 SHEROES, CHAMPIONS OF BHARAT 등과 같은 잡지의 표지 소녀로 등장했습니다.

원더우먼. 그녀는 또한 Diva Planet Magazine, C'Times, Namya Magazine, The Literature Today, Elysian Magazine, Femmetimes Magazine, MTTV Magazine, GOLDEN BOOK 2024, Litteratura 및 JJ Crowns Magazine에서 주목받았습니다. 그녀의 업적은 JJ Crowns, MTTV India 및 Femmetimes의 2024년 달력에서 더욱 기념됩니다.

현재 그녀는 TIWC(The Inspiring Women Community)의 글로벌 브랜드 앰배서더로 활동하고 있으며, Priya's Wisdom Publications의 글로벌 얼굴 및 글로벌 문학 앰배서더로 선정되었습니다. 그녀는 또한 HERstory Times의 Prithvi-Women Climate Warrior에서 친선 대사로 활동하고 있으며 Kalam Edu-Versity 및 DRDC에서 국제 회원 및 홍보 대사로서 존경받는 역할을 맡고 있습니다.

그녀의 삶의 중심에는 "긍정을 끌어당기고, 부정성을 물리치고, 긍정적인 무한을 퍼뜨라"라는 심오한 격언이 있습니다. 이 모토

그녀의 인생 철학을 구현하고 그녀의 작업을 이끄는 원칙으로 작용합니다. 문학에 대한 그녀의 기여와 인간의

우수성 및 환경 인식 제고에 대한 헌신은 그녀의 다양한 업적과 전 세계적으로 긍정적인 영향을 미치기 위한 헌신을 강조합니다.

페이스 북 : authorsridevi.positiveinfinity 인스 타 그램 : authorsridevi.positiveinfinity

이메일: authorsridevi.positiveinfinity@gmail.com Youtube: @authorsridevi.positiveinfinity

다른 작품

SRIDEVI SOUNDIRARAJAN (시)

1. 포지티브 인피니티 (2023년 골든북상, 2023년 국제 우수상, 21세기 에밀리 디킨슨상 수상)

2. 21 LAWS OF UNIVERSE (21세기 에밀리 디킨슨 상, 샤라디야 우드칼 삼만 수상)

3. 나의 책 왕국 (21세기 에밀리 디킨슨상 수상)

4. ENCHANTED SEASONS: EMBRACING NATURE'S MAGIC (작가 피니셔상 수상작)

5. 이키가이의 빛: 인생의 길을 비추다

(AUTHOR FINISHER AWARD 수상)

6. 이치고 이치에 하모니: 현재의 선물 (작가 피니셔상 수상)

7. LAWS OF INFINITE KINGDOM: 수상 경력에 빛나는 기념일 에디션(MAHAKAVI KALIDAS RASHTRIYA SAHITYA SAMMAN 수상작)

SRIDEVI K.J. SHARMIRAJAN (픽션 및 논픽션)

1. THE SAMURAI JOURNAL (다작상 수상작)

2. ZEN BOOKSHELF: 50권으로 구성된 ZEN 독서 챌린지 저널(PROLIFIC AWARD 수상작)

3. 200 ZEN STORIES: CULTIVATING POSITIVITY AND INNER PEACE (2024년 황금 마법사 도서상, 2023년 국제 우수상 수상, 우키요토 국제공항) 어린이용 도서상 및 체리 도서상; 영어, 일본어, 한국어, 태국어, 말레이어, 이탈리아어 버전과 영어 오디오북으로 제공)

4. 스트레스가 많은 삶 VS 풍요로운 삶: 사무라이 방식의 요가(GOLDEN BOOK AWARD 2024, GOLDEN WIZARD BOOK PRIZE 2024, UKIYOTO LITERARY AWARDS, INSPIRING INDIA AUTHORS AWARD 2023, LIFT AWARDS 2024 및 AMAZON #1 베스트셀러 수상작;

영어, 일본어, 한국어, 태국어, 말레이어, 이탈리아어 버전과 영어 오디오북으로 제공)

5. YOGA MANIFESTATION JOURNAL (다작상 수상작)

6. 208 ZEN-INSPIRED SAMURAI TALES: KID'S MEDITATION PALETTE (RASHTRIYA PRATIBHA SAMMAN 수상작)

7. 플러스 무한대 저널 (손으로 쓴 저널, 아서 코난 상 수상)

8. 긍정적 인 무한대의 스펙트럼 : 긍정적 인 추진력과 동기 부여 성공의 366 일일 만트라 - 버전 2.0 2023 강화판 (NATIONAL LITERARY ICON AWARD 수상)

앤솔로지 제목:

1. 그 부서진 속삭임 1 권

2. 생각 한 항아리

3. 최고의 작가 10인의 시 120편 4권

4. 베스트 100 작가의 100 가지 최고의 인용문 모음

5. 작은 이야기가 있는 캐릭터 스케치

6. 여성 역량 강화와 경제 발전

7. THE WHISPERING PAGES (침묵의 책 프로젝트)

8. 거짓된 세상

9. 당신의 관점 : 최초의 인도 뉴스 책

10. 인도의 지역 이야기와시

11. 인생이라는 모험

12. 기쁨의 거품 & 독립 인도

13. 내일의 씨앗

14. 언켐트 파라다이스

15. 마법의 세계

16. 크리켓 사가 & 포에틱 하트

17. 빈곤 퇴치

18. 꽃이 만발한 인도: 간디 트리뷰트

수상 경력에 빛나는 해트트릭 세계 기록 팟캐스트 "SPREAD POSITIVE INFINITY with AUTHOR SRIDEVI"를

들어보세요.

APPLE 팟캐스트

스포티파이

www.ingramcontent.com/pod-product-compliance
Lightning Source LLC
LaVergne TN
LVHW041220080526
838199LV00082B/1335